中国文学名家精品

Luyin Xiaoshuo Jingpin

庐隐小说精品

庐 隐 著　郭艳红 主编

北方妇女儿童出版社

图书在版编目(CIP)数据

庐隐小说精品/庐隐著；郭艳红主编.—长春：
北方妇女儿童出版社，2015.1（2021.3 重印）
（中国文学名家精品）
ISBN 978-7-5385-8221-5

Ⅰ．①庐… Ⅱ．①庐… ②郭… Ⅲ．①短篇小说－小
说集－中国－现代 Ⅳ．①I246.7

中国版本图书馆CIP数据核字（2015）第007605号

庐隐小说精品
LU YIN XIAO SHUO JING PIN

出 版 人	刘　刚	
责任编辑	王天明	
开　　本	700mm×980mm　1/16	
印　　张	9	
字　　数	148 千字	
版　　次	2015 年 5 月第 1 版	
印　　次	2021 年 3 月第 3 次印刷	
印　　刷	固安县云鼎印刷有限公司	
出　　版	北方妇女儿童出版社	
发　　行	北方妇女儿童出版社	
地　　址	长春市福祉大路 5788 号	
电　　话	总编办：0431-81629600	
定　　价	26.80 元	

前　言

　　习近平总书记在文艺座谈会上指出，繁荣文艺创作、推动文艺创新，必须要有大批德艺双馨的文艺名家。我国作家艺术家应该成为时代风气的先觉者、先行者、先倡者，要通过更多有筋骨、有道德、有温度的文艺作品，书写和记录人民的伟大实践、时代的进步要求，彰显信仰之美、崇高之美。

　　是的，当历史跨入21世纪的新时代，我们党发出了实现中国梦的伟大号召，掀起了轰轰烈烈的复兴中国文化的运动。这就要求我们站在时代的前沿，薪火相传，一脉相承，弘扬中国有史以来优秀的、光明的、先进的、科学的、文明的文化，融合古今中外一切文化精华，构建具有中国特色的现代民族文化，向世界和未来展示中华民族的文化力量、文化价值与文化风采。

　　就文学创作而言，就是广大作家要接过近现代中国文学名家传递的笔墨圣火，照亮时代的道路，创造文学的繁荣；广大读者则应吸收近现代中国文学的精神力量，认识过去的时代，投身当代的建设。总之，中国的复兴需要大家添光加彩！

　　回首上世纪初，中国掀起了伟大的反帝反封建的民族解放运动，广大作家以此为崇高历史使命，把文字作为投枪匕首，走在时代最前列，创作了大量优秀的文学作品，发出了代表时代最强音的呐喊，振聋发聩，唤醒广大人民群众，开创了新文化运动，创造了现代文学。

　　中国现代文学是指用现代文学语言与文学形式，表达中国现代思想、感情、心理的文学，是在"五四"新文化运动影响下，广泛接受外国文学影响而形成的新兴文学，产生了极大的历史推动作用。

在新文化运动推动下，广大作家汲取中外文学营养，形成了新的文学形态。他们不仅用白话语言表现现代科学民主思想，而且在艺术形式与表现手法上对传统文学进行深入革新，创建了新的文学体裁。在叙述角度、抒情方式、描写手段以及结构组成等方面，都有全新创造，极具现代特色，成为真正现代意义上的文学。

中国现代文学的主流是人民的文学，广大作家深入火热的战斗生活中，极大加强了文学与民众的结合，文学与进步的社会思潮及民族解放、革命运动的自觉联系，这构成了中国现代文学的基本历史特征与传统。此时的文学，以表现普通民众生活、改造国民性格和社会人生为根本任务。

中国现代文学早期的发展，是在广大作家吸取外来文学营养使之民族化并继承民族传统使之现代化的过程中奠定基础的。对于如何正确对待传统文化与西方外来文化的问题，他们打破了抱残守缺的国粹主义思想，进行了彻底革新，曾对西方各个历史时期的文艺思潮、文学流派，包括各种文学形式、表现手法等，进行了全面介绍与广泛吸收，同时对我国传统文学遗产也进行了重新评价。这对促进思想与艺术的解放，促进文学的现代化，起到了重要作用，从而形成了现代文学的繁荣局面，促进了广大民众的觉醒。

接过20世纪中国文学作家的思想圣火，实现新时代民族文化复兴的中国梦，这是广大作家和读者义不容辞的神圣职责。为此，我们从诗歌、散文、小说三大文学体裁着手，特别编辑了这套《中国文学名家精品》，精选了许多文学名家的精品力作，代表了中国20世纪文学的高度，具有极强的权威性、可读性和艺术性。

这些文学名家，都是中国20世纪现代文学的开拓者和各种文学形式的集大成者，他们的作品来源于他们生活的时代，是那个时代社会生活的缩影，包含了作家本人对社会、生活的体验与思考，影响着社会的发展进程，具有永恒的魅力。他们是我们心灵的工程师，能够指导我们的人生发展，对于复兴中国文化具有深远的启迪作用。

作者简介

庐隐（1898—1934）原名黄淑仪，又名黄英，福建省闽侯县南屿乡人。笔名庐隐，有隐去庐山真面目的意思。她是我国"五四"时期著名的女作家，与著名作家冰心、林徽因齐名，誉为"福州三大才女"。

1903年父亲去世后，庐隐到北京舅舅家居住。1909年，她入教会办的慕贞书院小学部，开始信仰基督教。1911年，她在大哥的帮助下，第一次开始练习作短文，由于用功，最终考上了高小。1912年，考入女子师范学校。1917年，毕业后在北平公立女子中学、安徽安庆小学及河南女子师范学校任教。1919年，考入北京高等女子师范国文系。

1921年，庐隐加入文学研究会。1922年，她大学毕业后到安徽宣城中学任教，半年后，她回到北平师范大学附属中学教国文。1926年，她到上海大夏大学教书。1927年，担任北京市立女子第一中学校长。

在随后的几年间，庐隐的母亲、丈夫、哥哥和挚友著名女作家石评梅先后逝世，她的悲哀情绪浸透在这个时期作品集《灵海潮汐》和《曼丽》之中。1930年，她与李唯建结婚，婚后她们一度在东京居住。1931年起，她担任上海工部局女子中学国文教师。1934年，36岁的她因临盆难产而死于上海大华医院。

在"五四"运动时期，庐隐是一个活跃分子。她带着"社会运动"的热情跨进了文坛大门。那时候，她写作了《新村底理想与人生底价值》之后，又陆续写了《一封信》《两个小学生》《灵魂可以卖吗》等作品，都具有深刻的现实意义，呈现出封建社会及军

阀统治下底层民众的悲惨遭遇，同时还写了像《中国的妇女解放问题》这样有关妇女解放问题的文章。

著名作家茅盾说："庐隐与'五四'运动，有'血统'的关系"，"庐隐，她是'五四'的产儿"。当"五四"运动落潮后，在庐隐面前，社会似乎堵死了所有路口，再加上自身的遭遇，这使她陷入了痛苦的重围。人们所说的"庐隐的停滞"就是在这种主客观条件下产生的，但庐隐并不甘心在这种氛围中沉沦，她挣扎着，追求着，前后虽有几次反复，但每次也都有所前进。

不久之后，庐隐的笔锋转向"自叙传"的性质，她开始写自己，写爱人，写朋友，都是现实主义的，因为它们反映了社会的一个侧影，是真实的现实。在她《地上的乐园》这个作品中，较多地反映了她的人生观。1927年，她的第二本短篇小说集《曼丽》，是她认为"从颓唐中振起来的作品"。

庐隐先后创作的作品还有《流星》《秋别》《寂寞》《海滨故人》《淡雾》《新的遮拦》《将我的苦恼埋葬》《寄一星》《灰色的路程》《中国的妇女运动问题》《沦落》《旧稿》《前尘》《醉鬼》《寄波微》《侦探》《妇女的平民教育》《弱者之呼声》《雪耻之正当途径》《祭献之辞》《雨夜》等。

庐隐是一位感伤的悲观主义者，除了她早期若干篇作品外，作品都没有摆脱悲哀的色调。她追求人生的意义，但看不到人生的前途，觉得人生"比作梦还要不可捉摸"，她在悲哀的海里，几乎苦苦挣扎了一生。她常常被悲哀所困扰，不得解脱，把悲哀看作是伟大的圣者。她的小说写得流利自然，多是日记或书信，带有自传性质。她只是老老实实写下来，从不在形式上炫奇斗巧。

庐隐【目录】

小说精品

庐隐

小说精品

【目录】

第三辑

庐隐

小说精品

第一辑

或人的悲哀

亲爱的朋友KY：

我的病大约是没有希望治好了！前天你走后，我独自坐在窗前玫瑰花丛前面，那时太阳才下山，余辉还灿烂地射着我的眼睛，我心脏的跳跃很利害，我不敢多想甚么，只是注意那玫瑰花，娇艳的色彩，和清润的香气，这时风渐渐大了，于我的病体不能适宜，媛姊在门口招呼我进去呢。

我到了屋里，仍旧坐在我天天坐着的那张软布椅上，壁上的相片，一张张在我心幕上跳跃着，过去的一件一件事情，也涌到我洁白的心幕上来，唉！KY，已经过去的，是事情的形式，那深刻的，使人酸楚的味道，仍旧深深地印在我的脑海中，渗在我的血液里，回忆着便不免要饮泣！

第一次，使我忏悔的事情，就是我们在紫藤花架下，那几张石头椅子上坐着，你和心印谈人生究竟的问题，你那时很郑重的说：

"人生那里有究竟！一切的事情，都不过象演戏一般，谁不是涂着粉墨，戴着假面具上场呢？……"后来你又说："梅生和昭仁他们一场定婚；又一场离婚的事情，简直更是告诉我们说：人事是作戏，就是神圣的爱情，也是靠不住的，起初大家十分爱恋的定婚，后来大家又十分憎恶的离起婚来。一切的事情，都是靠不住的，"心印听了你的话，她便决绝的说："我们游戏人间吧！"我当时虽然没有开口，给你们一种明白的表示，但是我心里更决绝的，和心印一样，要从此游戏人间了！

从那天以后，我便完全改了我的态度；把从前冷静考虑的心思，都收起来，只一味的放荡着，——好象没有目的地的船，在海洋中飘泊，无论遇到怎么大的难事；我总是任我那时情感的自然，喜怒笑骂都无忌惮了！

有一天晚上，我独自坐在冷清清的书房里，忽然张升送进一封信来，是叔和来的。他说：他现在很闷，要到我这里谈谈，问我有工夫没有？我那时毫不用考虑，就回了他一封说："我正冷清得苦；你来很好！"不久叔和真来了，我们随意的谈话，竟销磨了四点多钟的光阴；后来他走了，我心里忽然一动，我想今天晚上的事情，恐怕有些太欠考虑吧？……但是已经过去了！况且我是游戏人间呢！我转念到这里，也就安贴了。

谁知自从这一天以后，叔和便天天写信给我，起初不过谈些学术上的问题，我也不以为奇，有来必回，最后他忽然来了一封信说："我对于你实在是十三分的爱慕；现在我和吟雪的婚事，已经取消了，希望你不要使我失望！"

KY！别人不知道我的为人，你总该知道呵！我生平最恨见异思迁的人，况且吟雪和我也有一面之缘；总算是朋友，谁能作此种不可思议的事呢？当时我就写了一封信，痛痛地拒绝他了。但是他仍然纠缠不清，常常以自杀来威胁我，使我脆弱的心灵，受了非常的打激！每天里，寸肠九回，既恨人生多罪恶！又悔自家太孟浪！

唉！KY！我失眠的病，就因此而起了！现在更蔓延到心脏了！昨天医生用听筒听了听，他说很要小心，节虑少思，或者可以望好，唉！KY！这种种色色的事情，怎能使我不思呢？

明天我打算搬到妇婴医院去，以后来信，就寄到那边第二层楼十五号房间；写得乏了！再谈吧！

你的朋友亚侠
六月十日

亲爱的KY：

我报告你一件很好的消息，我的心脏病，已渐渐好了！失眠也比从前减轻，从前每一天夜里，至多只睡到三四个钟头，就不能再睡了。现在居然能睡到六个钟头，我自己真觉得欢喜，想你也一定要为我额手称贺！是不是？

我还告诉你一件事，这医院里，有一个看护妇刘女士，是一个最笃信宗教的人，她每天从下午两点钟以后，便来看护我，她为人十分和蔼，她常常劝我信教；我起初很不以为然，我想宗教的信仰，可以遮蔽真理的发现；不过现在我却有些相信了！因为我似乎知道真理是寻不到，不如暂且将此心寄托于宗教，或者在生的岁月里，不至于过分的苦痛！

昨天夜里，月色十分清明，我把屋里的电灯拧灭了；看那皎洁的月光，慢慢透进我屋里来；刘女士穿了一身白衣服，跪在床前低声的祷祝，一种恳切的声音，直透过我的耳膜，深深地侵进我的心田里，我此时忽感一种不可思议的刺激，我觉得月光带进神秘的色彩来，罩住了世界上的一切，我这时虽不敢确定宇宙间有神，然而我却相信，在眼睛能看见的世界以外，一定还有一个看不见的世界了。

我这一夜，几乎没闭眼，怔怔想了一夜，第二天我的病症又添了！不过我这时彷徨的心神好象有了归着，下午睡了一觉，现在已经觉得十分痊愈了！马大夫也很奇怪我好得这么快，他说：若以此种比例推下去，——没有变动；再有三四天，便可出院了。

今天心印来看我一次，她近来颜色很不好！不知道有甚么病，你有工夫可以去看看她，大约她现在彷徨歧路；必定很苦！

你昨天叫人送来的一束兰花；今天还很有生气，这时他正映着含笑的朝阳，更显得精神百倍，我希望你前途的幸福也和这花一样灿烂！再谈，祝你康健！

亚侠

七月六日

KY吾友：

我现在真要预备到日本去找我的哥哥，因为我自从病后便不耐幽居，听说蓬莱的风景佳绝，我去散散心，大约病更可以除根了。

我希望你明天能来，因为我打算后天早车到天津乘长沙丸东渡，在这里的朋友，除了你，和心印以外，还有文生，明天我们四个人，在我家里畅叙一下罢！我这一走，大约总要半年才能回来呢！

你明天来的时候，请你把昨天我叫人送给你看的那封心印的信带了来，她那边有一个问题，——"名利的代价是什么？"我当时心里很烦，没有详细的回答她，打算明天见面时，我们四个人讨论一个结果出来，不过这个问题，又是和"人生究竟的问题"差不多，恐怕结果，又是悲的多，乐的少，唉！何苦呵！我们这些人，总是不能安于现在，求究竟，——这于人类的思想，固然有进步，但是精神消磨得未免太多了！……但望明天的讨论可以得到意外的完满就好了！

我现在屋子里乱得不成样子，箱子里的东西乱七八糟堆了一

床，我理得实在心烦，所以跑到外书房里来，给你们写信，使我的眼睛不看见，心就不烦了！说到这里，我又想起一件事了。

KY！你记得前些日子；我们看见一个盲诗人的作品，他说："中午的太阳，把世界和世界的一切惊异，指示给人们，但是夜，却把宇宙无数的星，无际限的空间，——全生活，广大和惊异指示给人们。白昼指示给人们的，不过是人的世界，黑暗和污秽。夜却能把无限的宇宙指示给人们，那里有美丽的女神，唱着甜美的歌，温美的云，织成洁白的地毡，星儿和月儿，围随着低低地唱，轻轻地舞。"这些美丽的东西，岂是我们眼睛所能领略得到的呢？KY我宁愿作一个瞎子呢！倘若我真是个瞎子，那些可厌的杂乱的东西，再不会到我心幕上来了。但是不幸！我实在不是个瞎子，我免不了要看世界上种种的罪恶的痕迹了！

任笔写来，不知说些什么，好了！别的话留着明天面谈吧！

亚侠

九月二日

KY呵！

丝丝的细雨敲着窗子，密密的黑云罩着天空，澎湃的波涛震动着船身；海天辽阔，四顾苍茫，我已经在海里过了一夜，这时正是开船的第二天早晨。

前夜，那所灰色墙的精致小房子里的四个人，握着手谈着天何等的快乐？现在我是离你们，一秒比一秒远了！唉！为什么别离竟这样苦呵！

我记得：分别的那一天晚上，心印指着那迢迢的碧水说："人生和水一样的流动，岁月和水一样的飞逝；水流过去了，不能再回来！岁月跑过去了，也不能再回来！希望亚侠不要和碧水时光一样。早去早回呵。"KY这话真使我感动，我禁不住哭了！

　　你们送我上船，听见汽笛呜咽悲鸣着，你们便不忍再看我，忍着泪，急急转过头走去了，我呢？伫立在甲板上；不住的对你们望，你们以为我看不见你们了，用手帕拭泪；偷眼往我这边看，咳！KY这不过是小别，便这样难堪！以后的事情，可以设想吗？

　　"名利的代价是什么？"心印的答案：是"愁苦劳碌。"你却说："是人生生命的波动；若果没有这个波动，世界将呈一种不可思议的枯寂！"你们的话在我心里；起伏不定的浪头，在我眼底；我是浮沉在这波动之上，我一生所得的代价，只是愁苦劳碌。唉！KY！我心彷徨得很呵！往那条路上去呢？……我还是游戏人间吧！

　　今天没有什么风浪，船很平稳，下午雨渐渐住了，露出流丹般的彩霞，罩着炊烟般的软雾；前面孤岛隐约，仿佛一只水鸦伏在那里。海水是深碧的；浪花涌起，好象田田荷丛中窥人的睡莲。我坐在甲板上一张旧了的藤椅里，看海潮浩浩荡荡，翻腾奔掀，心里充满了惊惧的茫然无主的情绪，人生的真象，大约就是如此了。

　　再有三天，就可到神户；一星期后可到东京，到东京住什么地方，现在还没有定，不过你们的信，可寄到早稻田大学我哥哥那里好了。

　　我的失眠症，和心脏病，昨日夜里又有些发作，大约是因为劳碌太过的缘故，今夜风平浪静，当得一好睡！

　　现在已经黄昏了。海上的黄昏又是一番景象，海水被红日映成紫色，波浪被余辉射成银花，光华灿烂，你若是到了这里，大约又要喜欢得手舞足蹈了！晚饭的铃响了，我吃饭去。再谈！

亚侠

九月五日

KY吾友：

　　我到东京，不觉已经五天了。此地的人情风俗和祖国相差太远

了！他们的饮食，多喜生冷；他们起居，都在席子上，和我们祖国从前席地而坐的习惯一样，这是进化呢？还是退化？最可厌的是无论到什么地方，都要脱了鞋子走路；这样赤足的生活，真是不惯！满街都是吱吱咖咖木屐的声音，震得我头疼，我现在厌烦东京的纷纷搅搅，和北京一样！浮光底下；所盖的形形色色，也和北京一样！莫非凡是都会的地方都是罪恶荟萃之所吗？真是烦煞人！

昨天下午我到东洋妇女和平会去，——正是她们开常会的时候，我因一个朋友的介绍，得与此会；我未到会以前，我理想中的会员们，精神的结晶，是纯洁的，是热诚的。及至到会以后，所看见的妇女，是满面脂粉气，贵族氏的夫人小姐；她们所说的和平，是片面的，就和那冒牌的共产主义者，只许我共他人之产，不许人共我的产一样。KY！这大约是：人世间必不可免的现象吧？

昨天回来以后，总念念不忘日间赴会的事，夜里不得睡，失眠的病又引起了！今天心脏，觉得又在急速的跳，不过我所带来的药，还有许多，吃了一些或者不至于再患。

今午吃完饭后，我跟着我哥哥，去见一位社会主义者，他住的地方，离东京很远，要走一点半钟。我们一点钟，从东京出发，两点半到那里；那地方很幽静，四围种着碧绿的树木和菜蔬，他的屋子就在这万绿丛中。我们刚到了他那门口，从他房子对面，那个小小草棚底下，走出两个警察来，盘问我们住址、籍贯、姓名，与这个社会主义者的关系。我当时见了这种情形，心里实感一种非常的苦痛，我想这些，巩固各人阶级和权利的自私之虫，不知他们造了多少罪孽呢？KY呵！那时我的心血沸腾了！若果有手枪在手，我一定要把那几个借强权干涉我神圣自由的恶贼的胸口，打穿了呢！

麻烦了半天，我们才得进去，见着那位社会主义者；他的面貌很和善，但是眼神却十分沉着。我见了他，我的心仿佛热起来了！从前对于世界所抱的悲观，而酿成的消极，不觉得变了！这时的亚侠，只想用弹药炸死那些妨碍人们到光明路上去的障碍物，KY！这种的狂热，回来后想想，不觉失笑！

今天我们谈的话很多，不过却不能算是畅快；因为我们坐的那间屋子的窗下，有两个警察在那里监察着；直到我们要走的时候，那位社会主义者才说了一句比较畅快的话，他说："为主义牺牲生命，是最乐的事，与其被人的索子缠死，不如用自己的枪，对准喉咙打死！"KY！这话的味道，何其隽永呵！

晚上我哥哥的朋友孙成来谈，这个人很有趣，客中得有几个解闷的，很不错！

写得不少了，再说罢！

亚侠

九月二十日

KY呵！

我现在不幸又病了！仍旧失眠，心脏跳动，和在京时候的程度差不多。前三天搬进松井医院，作客的人病了，除了哥哥的慰问外，还有谁来看视呢！况且我的病又是失眠，夜里睡不着，两只眼看见的，是桌子上的许多药瓶，药末的纸包，和那似睡非睡的电灯，灯上罩着深绿的罩子，——医生恐光线太强，于病体不适的缘故。——四围的空气，十分消沉、暗淡。耳朵所听见的，是那些病人无力的吟呻；凄切的呼唤，有时还夹着隐隐地哭声！

KY！我仿佛已经明白死是什么了！我回想在北京妇婴医院的时候看护妇刘女士告诉我的话；她说："生的时候，作了好事，死后便可以到上帝的面前，那里是永久的乐园，没有一个人脸上有愁容，也没有一个人掉眼泪！"KY！我并不是信宗教的人，但是我在精神彷徨无着处的时候，我不能不寻出信仰的对象来；所以我健全的时候，我只在人间寻道路，我病痛的时候，便要在人间之外的世界，寻新境界了。

这几天，我一闭眼，便有一个美丽的花园，——意象所造成的花园，立在我面前，比较人间无论那一处都美满得多；我现在只求死，好象死比生要乐得多呢！

人间实在是虚伪得可怕！孙成和继梓——也是在东京认识的，我哥哥的同学；他们两个为了我这个不相干的人，互相猜忌，互相倾轧，有一次，恰巧他们两人，不约而同时都到医院来看我，两个人见面之后，那种嫉妒仇视的样子，竟使我失惊！KY！我这时才恍然明白了！人类的利己心，是非常可怕的！并且他们要是欢喜什么东西，便要据那件东西为己有！

唉！我和他们两个，只是浅薄的友谊，那里想到他们的贪心，如此利害！竟要作成套子，把我束住呢？KY！我的志向你是知道的，我的人生观你是明白的，我对于我的生，是非常厌恶的！我对于世界，也是非常轻视的，不过我既生了，就不能不设法不虚此生！我对于人类，抽象的概念，是觉得可爱的，但对于每一个人，我终觉得是可厌的！他们天天送鲜花来，送糖果来，我因为人与人必有交际，对于他们的友谊，我不能不感谢他们！但是照现在看起来，他们对于我，不能说不是另有作用呵！

KY！你记得，前年夏天，我们在万牲园的那个池子旁边钓鱼，买了一块肉，那时你曾对我说："亚侠！作人也和作鱼一样，人对付人也和对付鱼一样！我们要钓鱼，拿他甘心，我们不能不先用肉，去引诱他，他要想吃肉，就不免要为我们所甘心了！"这话我现在想起来，实在佩服你的见识，我现在是被钓的鱼，他们是要抢着钓我的渔夫，KY！人与人的交际不过如此呵！

心印昨天有信来，说她现在十分苦闷，知与情常常起剧烈的战争！知战胜了，便要沉于不得究竟的苦海，永劫难回！情战胜了，便要沉沦于情的苦海，也是永劫不回！她现在大有自杀的倾向。她这封信，使我感触很深！KY！我们四个人，除了文生尚有些勇气奋斗外，心印你我三个人，困顿得真苦呵！

我病中的思想分外多，我想了便要写出来给你看，好象二十年来，茹苦含辛的生活，都可以在我给你的信里寻出来。

KY！奇怪得很！我自从六月间病后，我便觉得我这病是不能好的，所以我有一次和你说，希望你，把我从病时，给你的信，要特别留意保存起来。……但是死不死，现在我自己还不知道，随意说说，你不要因此悲伤吧！有工夫多来信，再谈。祝你快乐！

亚侠

十一月三日

KY：

读你昨天的来信，实在叫我不忍！你为了我前些日子的那封信，竟悲伤了几天！KY！我实在感激你！但是你也太想不开了！这世界不过是个寄旅，不只我要回去，便是你，心印，文生，——无论谁？迟早都是要回去的呵！我现在若果死了，不过太早一点。所以你对于我的话，十分痛心！那你何妨，想我现在是已经百岁的人，我便是死了，也是不可逃数的，那也就没什么可伤心了！

这地方，实在不能久住了！这里的人，和我的隔膜更深，他们站在桥那边；我站在桥这边；要想握手是很难的，我现在决定回国了！

昨天医生来说：我的病很危险！若果不能摒除思虑，恐怕没有好的希望！我自己也这样想，所以我不能不即作归计了！我的姑妈，在杭州住，我打算到她家去，或者能借天然的美景，疗治我的沉疴，我们见面，大约又要迟些日子了。

昨夜我因不能睡，医生不许我看书，我更加思前想后的睡不着，后来我把我的日记本，拿来偷读，当时我的感触，和回忆的热度，都非常利害，我顾不得我的病了！我起来把笔作书，但是写来写去，都写不上三四个字，便写不下去了，因又放下笔，把日记本

打开细读，读到三月十日，我给心印的信上面，有几首诗说：

> "我在世界上，
> 不过是浮在太空的行云！
> 一阵风便把我吹散了，
> 还用得着思前想后吗？"

> "假若智慧之神不光顾我，
> 苦闷的眼泪
> 永远不会从我心里流出来呵！"

这一首诗可以为我矛盾的心理写照；我一方说不想什么，一方却不能不想什么，我的眼泪便从此流不尽了！这种矛盾的心理，最近更利害，一方面我希望病快好，一方面我又希望死，有时觉得死比什么都甜美！病得利害的时候，我又惧怕死神，果真来临！KY呵！死活的谜，我始终猜不透！只有凭造物主的支配罢了！

我的行期，大约是三天以内，我在路上，或者还有信给你。

现在天气渐渐冷了。长途跋涉，诚知不宜，我哥哥也曾阻止我，留我到了春天再走，但是KY！我心里的秘密，谁能知道呢？我当初到日本去，是要想寻光明的花园，结果只多看了些人类偏狭心理的怪现状！他们每逢谈到东亚和平的话，他们便要眉飞色舞的说：这是他们唯一的责任，也是他们唯一的权利！欧美人民是不容染指的。他们不用镜子，照他们魑魅的怪状，但我不幸都看在眼里，印在心头，我怎能不思虑？我的病如何不添重？我不立刻走，怎么过呢？

况且我的病，能好不能好，我自己毫无把握！我固然是厌恶人间，但是我活了二十余年，我究竟是个人，不能没有人类的感情，我还有母亲，我还有兄嫂，他们和我相处很久；我要走了，也应该和他们辞别，我所以等不到春天，就要赶回来了！

我到杭州住一个礼拜，就到上海去，若果那时病好了，当到北京和你们一会。

我从五点钟，给你写信，现在天已大亮了！医生要来我怕他责备我，就此搁笔吧！

亚侠

十二月五日

亲爱的KY：

我离东京的时候，接到你的一封信，当时忙于整理行装，没有覆你，现在我到杭州了。我姑妈的屋子，正在湖边，是一所很精致的小楼；推开楼窗，全湖的景色，都收入脑海，我疲病之身，受此自然的美丽的沐浴，觉得振刷不少！

湖上天气的变幻，非常奇异，我昨天到这里，安顿好行李，我便在这窗前的藤椅上坐下，我看见湖上的雾，很快——大约五分钟的工夫，便密密幂起，四围的山，都慢慢地模糊了。跟着淅淅沥沥的雨点往下洒，游湖的小船，被雨打得船身左右震荡，但是不到半点钟，雨住云散，天空飞翔着鲜红的彩霞，青山也都露出格外翠碧的色彩来。山涧里的白云，随风袅娜，真是如画境般的湖山，我好象作了画中的无愁童子，我的病似乎好了许多。

我姑妈家里的表兄，名叫剑楚的，我们本是幼年的伴侣；但是隔了五六年不见，大家都觉得生疏了！这时他已经有一个小孩子，他的神气，自然不象从前那样活泼，不过我苦闷的时候，还是和他谈谈说说觉得好些！（十二月二十日写到此）

KY！我写这封信的一半，我的病又变了！所以直迟了五天，才能继续着写下去，唉！KY！你知道恶消息又传来了！

我给你写信的那天晚上，——我才写了上半段，剑楚来找我，

他说："唯逸已于昨晚死了！"唉！KY！这是什么消息？你回想一年前，我和你说唯逸的事情，你能不黯然吗？唯逸他是极有志气的青年，他热心研究社会主义，他曾决心要为主义牺牲，但是他因为失了感情的慰藉，他竟抑抑病了，昨晚竟至于死了。

他有一封信给我，写得十分凄楚，里头有一段说："亚侠！自从前年夏天起，我便种了病的因，只因为认识了你！……但是我的环境，是不容我起奢望的，这是知识告诉我，不可自困！然而我的精神，从此失了根据。我觉得人生真太干枯！我本身失去生活的趣味，我何心去助增别人的生活趣味？为主义牺牲的心，抵不过我厌生的心，……但是我也不愿意作非常的事，为了感情，牺牲我前途的一切！且知你素来洁身自好，我也决不忍因爱你故，而害你，但是我终放不下你！亚侠！现在病已深入了！我深藏心头的秘密，才敢贡诸你的面前！你若能为你忠心的仆人，叫一声可怜！我在九泉之灵也就荣幸不少了！……"唉！KY！游戏人间的结果，只是如此呵！

我失眠两天了！昨天还吐了几口血，现在疲乏得很！不知道还能给你几封信呵！

亚侠伏枕书

十二月二十五日

KY亲爱的朋友：

在这一个星期里，我接到你两封信，心印和文生各一封信，但是我病了，不能回你们！

唉！KY！我想不到，我已经不能回上海了！也不能到北京了！昨天我姑妈打电报，给我的家里，今天我母亲嫂嫂已经来了！她们见了我，只是掉眼泪，我的心也未尝不酸！但是奇怪得很！我的泪泉，不知在什么时候已经干枯了？

自从上礼拜起，我就知道我的病，是不能好了！我便把我一生的事情，从头回想一遍，拉杂写了下来！现在我已经四肢无力，头脑作痛，眼光四散，我不能写了！唉！

…………

"我一生的事情，平常得很！没什么可记，但是我精神上起的变化，却十分剧烈；我幼年的时候，天真烂漫，不知痛苦。到了十六岁以后，我的智情都十分发达起来。我中学卒业以后，我要到西洋去留学，因为种种的关系，作不到，我要投身作革命党，也被家庭阻止，这时我深尝苦痛的滋味！

但是这些磨折，尚不足以苦我！最不幸的，是接二连三，把我陷入感情的漩涡，使我欲拔不能！这时一方，又被知识苦缠着，要探求人生的究竟，化费了不知多少心血，也求不到答案！这时的心，彷徨到极点了！不免想到世界既是找不出究竟来，人间又有什么真的价值呢？努力奋斗，又有什么结果呢？并且人生除了死，没有更比较大的事情，我既不怕死，还有什么事不可作呢！……唉！这时的我，几乎深陷堕落之海了！……幸一方面好强的心，很占势力，当我要想放纵性欲的时候；他在我头上，打了一棒，我不觉又惊醒了！不敢往这里走，但是究竟往什么地方去呢？我每天夜里，睡在床上，殚精竭虑的苦事搜求，然而没有结果！

我在极苦痛的时候，我便想自杀，然而我究竟没有勇气！我否认世界的一切；于是我便实行我游戏人间的主义，第一次就失败了！接二连三的，失败了五六次！唯逸因我而死！叔和因我而病！我何尝游戏人间？只被人间游戏了我！……自身的究竟，既不可得，茫茫前途，如何不生悲凄之感！

唉！天乎！不可治的失眠病，从此发生！心脏病，从此种根！颠顿了将及一年，现在将要收束了！

今夜他们都睡了。更深人静，万感丛集！——虽没死的勇气，然而心头如火煎逼！头脑如刀劈，剑裂！我纵不欲死，病魔亦将缠

我至于死呵！死神还不降临我？实在等不得了！这时我努力爬下床来，抖战的两腿，使我自己惊异！这时窗子外面，射进一缕寒光来，湖面上银花闪烁，我晓得那湖底下朱红色的珊瑚床，已为我豫备好了！云母石的枕头；碧绿青苔泥的被褥，件件都整理了！……我回去吧！唉！亲爱的母亲！嫂嫂！KY……再见吧！"

…………

我表姊，昨夜不知什么时候，跳在湖心死了！她所写的信，和她自己的最后的一页日记，都放在枕边。唉！湖水森寒，从此人天路隔！KY！姊呵！我表姊临命时候，瘦弱的可怜的影子，永远深深刻在我脑幕上，今天晚上，我走到她住的屋子里去，但见雪白的被单上，溅着几滴鲜红的血迹，那有我表姊的影子呢？我禁不住坐在她往日常坐的那张椅子上，痛哭了！

她的尸首，始终没有捞到，大约是沉在湖底，或者已随流流到海里去了。

她所有的东西，都收拾好，交给我舅母带回去，有一本小书，——《生之谜》，上面写着留给你作纪念品的，我现在由邮寄给你，望你好好保存了吧！

亚侠的表妹附书

一月九日

父　亲

　　这几天正是秋雨连绵的时候，虽然院子里的绿苔，蓦然增了不少秀韵，但我们隔着窗子向外看时，只觉那深愁凝结的天空，低得仿佛将压在我们的眉梢了。逸哥两手交叉胸前，闭目坐在靠窗子的皮椅上。他的朋友绍雅手里拿着一本小说，默然地看着。四境都十分沉寂，只间杂一两声风吹翠竹，飒飒地发响。我虽然是站在窗前，看那挟着无限神秘的雨点，滋润那干枯的人间和人间的一切，便是我所最爱的红玫瑰——已经憔悴的叶儿，这时已似含着绿色，向我嫣然展笑；但是我的禁不起挑拨的心，已被无言的悲哀的四境，牵起无限的怅惘。

　　逸哥忽然睁开似睡非睡的倦眼，用含糊的声调说道："我们作什么消遣呵？……"绍雅这时放下手里的小说，伸了伸懒腰，带着滑稽的声调道："谁都不许睡觉，好好的天，都让你睡昏暗了！"说着拿一根纸作的捻子，往逸哥的鼻孔里戳。逸哥触痒打了两个喷嚏，我们由不得大笑。这时我们觉得热闹些，精神也就振作不少。

绍雅把棋盘搬了出来，打算下一盘围棋，逸哥反对说："不好!不好!下棋太静了，而且两个人下须有一个人闲着，那末我又要睡着了!"绍雅听了，沉思道："那末怎么办呢?……对了!你们愿意听故事，我把这本小说念给你们听，很有意思的。"我们都赞同他的提议，于是都聚拢在一张小圆桌的四围椅上坐下。桌上那壶喷芬吐雾的玫瑰茶，已预备好了。我用一只白玉般的瓷杯，倾了一杯，放在绍雅的面前，他端起喝了，于是我们谁都不说话，只凝神听他念。他把书本打开，用洪亮而带滑稽的声调念了。

九月十五日

真的!她是一个很有才情的女子，虽然她到我们家已经十年了，但我今天才真认识她——认识她的魂灵的园地——我今年二十五岁了。我曾三次想作日记，但我总觉得我的生活太单调，没什么可记的;但今天我到底用我那浅红色的小本子，开始记我的日记了。我的许多朋友，他们记日记总要等到每年的元旦，以为那是万事开始的时候。这在他们觉得是很有意义的，而我却等不得，况且今天是我新发现她的一切的纪元!

但是我将怎样写呢?今天的天气算是清朗极了，细微的尘沙，不曾从窗户上玻璃缝里吹进来，也不曾听见院子里的梧桐喳喳私语。门窗上葡萄叶的影子，只静静的卧在那里，仿佛玻璃上固有的花纹般。开残的桂花，那黄花瓣依旧半连半断，满缀枝上。真是好天气呵!

哦!我还忘了，最好看是廊前那个翠羽的鹦鹉，映着玫瑰色的朝旭，放出灿烂的光来。天空是蔚蓝得象透明的蓝宝石般，只近太阳的左右，微微泛些淡红色色彩。

我披着一件日本式的薄绒睡衣，拖着拖鞋，头上的短发，覆着眼眉，有时竟遮住我的视线了。但我很懒，不愿意用梳子梳上去，只借重我的手指，把它往上掠一掠。这时我正看太戈尔《破舟》的小说，"哈美利林在屋左的平台上，晒她金丝般的柔发。……"我的额发又垂下来了，我将手向上一掠，头不由得也向上一抬。呵！真美呵！她正对着镜子梳妆了。她今年只有二十七八岁，但她披散着又长又黑的头发时，那时媚妙的态度，真只象十七八岁的人——这或者有人要讥笑我主观的色彩太重，但我的良心决不责备我，对我自己太不忠实呢！

"我是个世界上最有野心的男子。"在平时我绝对承认这句话，但这一瞬间，我的心实在收不回来了。我手上的书，除非好管闲事的风姨替我掀开一页，或者两页，我是永远不想掀的。但我这时实在忙极了，我两只眼，只够看她图画般的面庞，——这我比得太拙了，她的面庞绝不象图画上那种呆板，她的两颊象早晨的淡霞，她的双眼象七巧星里最亮的那两颗；她的两道眉，有人说象天上的眉月，有的说象窗前的柳叶，这个我都不加品评，总之很细很弯，而且——咳！我拙极了，不要形容吧！只要你们肯闭住眼，想你们最爱的人的眉，是怎样使你看了舒服，你就那么比拟好了，因为我看着是极舒服，这么一来，谁都可以满意了。

我写了半天，她到底是谁呢？咳！我仿佛有些忸怩了。按理说，我不应当爱她，但这个理是谁定下的？为什么上帝给我这副眼睛，偏看上她呢？其实她是父亲的妻，不就是我的母亲吗？你儿子爱母亲也是很正当的事呵！哼！若果有人这样批评我，我无论如何，不能感激说他是对我有好意，甚至于说他不了解我。我的母亲——生我的母亲——早已回到她的天国去了。我爱她的那一缕热情，早已被她带走了。我怎么能当她是我的母亲呢？她不过比我大两岁，怎么能作我的母亲呢？这真是笑话！

可笑那老头子，已经四十多岁了，头上除了白银丝的头毛外，或者还能找出三根五根纯黑的头毛吧！但是半黄半白的却还不少。

可是他不象别的男人，他从不留胡须的，这或者可以使他变年轻许多，但那额上和眼角堆满的皱纹，除非用淡黄色的粉，把那皱纹深沟填满以外，是无法可以遮盖的呵！其实他已经作了人的父亲，再过了一两年，或者将要作祖父了。这种样子，本来是很正当的，只是他站在她的旁边，作她丈夫，那真不免要惹起人们的误会，或者人们要认错他是她的父亲呢！

真煞风景，他居然搂着她细而柔的腰，接吻了。我真替她可惜。不只如此，我真感到不可忍的悲抑，也许是愤怒吧，不然我的心为什么如狂浪般澎湃起来呢。真奇怪，我的两颊真象火焚般发起热来了。

我真不愿意再往下看了。我收起我的书来，我决定回到我的书房去，但当我站起身来的时候，仿佛觉得她对我望了一眼，并且眼角立刻涌出两点珍珠般的眼泪来。

奇怪，我也由不得心酸了。别人或者觉得我太女人气，看人家落泪，便不能禁止自己，但我问心，我从来不轻易落没有意思的眼泪。谁知道她的身世，谁能不为她痛哭呢？

这老头子最喜欢说大话。为诚——他是我异母的兄弟——那孩子也太狡猾了，在父亲面前他是百依百顺的，从来不曾回过一句嘴。父亲常夸他比我听话得多。这也不怪父亲的傻，因为人类本喜欢受人奉承呵！

昨天父亲告诉我们，他和田总长很要好，约他一同吃饭。这些话，我们早已听惯了；有也罢，没有也罢，我向来是听过去就完了。为诚他偏喜欢抓他的短处，当父亲才一回头，他就对我们作怪脸，表示不相信的意思。后来父亲出去了，他把屋门关上，悄悄地对我们说："父亲说的全是瞎话，专拿来骗人的；真象一只纸老虎，戳破了，便什么都完了。"

平心而论，为诚那孩子，固然不应当背后说人坏话，但父亲所作的事，也有许多值得被议论的。

不用说别的，只是对于她——我现在的庶母的手段，也太厉害了。人家本是好人家的孩子，父母只生这一个孩子。父亲骗人家家里没有妻，愿意赘入她家。

　　老实说，我父亲相貌本不坏，前十年时他实在看不出是三十二岁的人了，只象二十六七岁的少年。她那时也只有十七八岁。自然啰，父亲告诉人家，只二十五岁，并且又假装很有才干和身份的样子。一个商人懂得什么，他只希望女儿嫁一个有才有貌，而且是做官人家的子弟，便完了他们的心愿。

　　那时候我们都在我们的老家住着，——我们的老家在贵州。那时我已经十四五岁了，只跟我继母和弟弟、祖父住在老家。那时家里的日子很艰难，祖父又老了，只靠着几亩田地过日子。我父亲便独自到北京保定一带地方找些事作。

　　这个机会真巧极了，庶母——咳!我真不愿意称她为庶母，我到现在还不曾叫过她一次——虽然我到这里不过一个月，日子是很短的，自然没有机会和她多说话，便是说话也不见得就要很明显的称呼，我只是用一种极巧妙哼哈的语赘，掩饰过去了。

　　所以在这本日记里，我只称她吧!免得我的心痛。她的父亲由一个朋友的介绍，认识了我的父亲，不久便赏识了我的父亲，把唯一的娇女嫁给他了。

　　真是幸运轮到人们的时候，真有不可思议的机会和巧遇。我父亲自从娶了她，不但得了一个极美妙的妻，同时还得到十几万的财产，什么房子咧，田地咧，牛马咧，仆婢咧。我父亲这时极乐的住在那里，竟七八年不曾回贵州来。不久她的父母离开人间的世界，我父亲更见得所了。钱太多了，他种种的欲望，也十分发达，渐渐吸起鸦片烟来——现在这种苍老，一半还是因吸鸦片烟呢，不然，四十二岁的人，何至于老得这么厉害?

　　说起鸦片烟，我这两天也闻惯了。记得我初到这里的那一天，坐在堂屋里，闻嗅到这烟味，立刻觉得房子转动，好象醉于醇醪

般，昏昏沉沉竟坐立不住，过了许多时候，烟气才退了。这吗啡真厉害呵!

我今天写得太多了，手有些发酸，但是我的思绪仍和连环套似的，扯了一个又一个。夜已经很深，我看见窗幔上射出她的影子，仿佛已在预备安眠了，我也只得放下笔明天再写了。

九月十九日

我又三四天不曾作日记了。我只为她发愁，病了这三四天，听阿妈说眼泪直流了三四天。我不禁起了猜想，她也许并不曾病，不过要痛快流她深蓄的伤心泪，故意不起来，但是她到底为什么伤心呢?父亲欺骗她的事情，被她知道了吗?可是我那继母仍旧还住在贵州，谁把这秘密告诉她呢?

我继母那老太婆，实在讨厌。其实我早知道她不是我的生母，这话是我姑母告诉我的。并且她的出身很微贱呢!姑母说我父亲十六七岁的时候，就不成器，专喜欢做不正当的事情，什么嫖呵!赌呵!我祖父因为只生这个儿子，所以不舍得教管，不过想早早替他讨个女人，或者可以免了一切的弊病。所以他十七岁就和我的生母结婚，这时他好嫖的性情，还不曾改。我生母时常劝戒他，他因此很憎恶我的生母，时时吵闹。我生母本是很有志气的女孩子，自己嫁了这种没有真情又不成器的丈夫，便觉得一生的希望都完了，不免暗自伤心。不久就生了我，因产后又着了些气恼，从此就得了肺痨，不到三年工夫就长眠了。——唉!女人们因为不能自立，倚赖丈夫;丈夫又不成器，因此抑郁而死，已经很可怜了;何况我的生母，又是极富于热烈情感的女子，她指望丈夫把心交给她，更指望得美满的家庭乐趣!我父亲一味好嫖，怎能不逼她走那人间的绝路呢!

我母亲死的时候，我还不到三岁呢!才过了我母亲的百日，我父亲就和那暗娼，名叫红玉的结了婚。听我姑母说，那红玉在当时是很有名的美人，但我现在觉得她，只是一个最丑恶的贱女人罢了。她始终强认她是我的生母，诚然，若拿她的年纪论，自然有资格做我的生母；但我当没人在跟前的时候，总悄悄拿着镜子，照了又照，我细心察看，我到底有一点象那老太婆没有?镜子——总使我失望。我的鼻子直而高，鼻孔较大，而老太婆的鼻子很扁，鼻孔且又很小。我的眼角两梢微向上。而她却两梢下垂。我的嘴唇很厚，而她却薄得象铁片般。简直没有丝毫相象的地方。

下午我进去问她的病。她两只秀媚的眼睛，果然带涩，眼皮红肿；当时我真觉得难过，我几乎对着她流下泪来。她见了我叫了一声："元哥儿，坐吧!"我觉得真不舒服，这个名字只是那老太婆和老头叫的，为什么她也这样叫我，莫非她也当我作儿子呀?我没有母亲，固然很希望有人待我和母亲一样，但是她无论如何不能做我的母亲，她只是我心上的爱人……可是我不敢使我这思想逼真了，因为或者要被她觉察，竟怒我不应当起这种念头。但是无效，我明知道她是父亲的，可是父亲真不配，他的鸦片烟气和衰惫的面容，正仿佛一堆稻草，在那上面插一朵娇鲜的玫瑰花，怎么衬呢?

午后父亲回来了，吩咐仆人打扫东院的房子。那所房子本来空着，有许多日子没人住了。院子里的野草，长得密密层层，间杂着一两朵紫色的野花，另有一种新的趣味。我站在门口看阿妈拿着镰刀，刷刷割了一阵，那草儿都东倒西歪的倒下来了。我看着他们收拾，由不得怀疑，这房子，究竟预备给谁住呢?是了，大约是父亲的朋友来了吧!我正自猜想着，已听见父亲隔着窗户喊我呢。因离了这里，忙忙到我父亲面前，只见父亲皱着眉头，气象很可怕，对我看了两眼说："明天贵州有人来，你到车站接去罢!"我由不得问道："是继母来了吧!""不是她还有谁!……出去吧!我要休息了。"

怪不得我父亲这两天的气色，这么难看，原来为了这件事情。他自找的苦恼，谁能替得，只可怜她罢了!那个老太婆人又尖酸刻薄，样子又丑陋，她怎能和她相处得下。为了这件事，我整个下午

不曾做事，只是预想将来的结果。

晚上吃饭的时候，她已起来了。我和她一同吃饭，但她只吃两口稀饭，便放下筷子，长叹了一声，走回屋里去了。我父亲这时也觉得很不安似的。我呢，又替她可怜，又替父亲为难，也不曾吃舒服，胡乱吞了一碗，就放下筷子，回到自己的房里，心里觉得乱得很。最奇怪的，心潮里竟起了两个不同的激流交战着，一方面我只期望贵州的继母不要来，使她依旧恢复从前的活泼和恬静的生活；但一方面我又希望她们来，似乎在这决裂里，我可以得到万一的希望——可是我也有点害怕，我自己是越陷越深；她呢!仿佛并不觉得似的。如果这局势始终不变，真危险，但我情愿埋在玫瑰的荒冢里，不愿如走肉行尸般的活着。

我一夜几乎不曾合眼，当月光照在我墙上一张油画上，——一株老松树，蟠曲着直伸到小溪的中间，仿佛架着半截桥似的，溪水碧清，照见那横权上的一双青年的恋人，互相偎倚的双影——这时我更禁不住我的幻想了。幻想如奔马般，放开四蹄，向前飞驰——绝不回顾的飞驰呵!她也和哈美利林般，散开细柔的青丝发，这细发长极了，一直拖到白玉砌成的地上，仿佛飘带似的，随着微风，一根一根如雪般的飘起。我只藏在合欢树的背后，悄悄领略她的美，这是多少可以渴望的事!

九月二十日

天才朦胧，我仿佛听见父亲说话的声音，但听不真切，不知道他究竟和谁说话。不禁我又想到她了，一定在他们两人之间，又起了什么变故，不然我父亲向例不到十二点他是不起来的，晚上非两三点他是不睡的，听说凡吸大烟的人都是如此。——一定，准是她责备父亲欺骗她没有妻子，现在又来了一个继母，她怎么不恼呵!但她总是失败的，妇女们往往因被男子玩弄，而受屈终身的，差不多

全世界都是呢!

午饭的时候，阿妈来报告那边房子都收拾好了。父亲便对我说："火车两点左右可到，你吃完饭就带看门的老张到车站去吧!到那里你继母若问我为什么不来，你就说我有些不舒服好了，别的不用多说吧!"我应着就出来了。

当我回到自己屋里，忽见对面屋里，她正对着窗子凝立呢!呵!我真不知道怎样才好，我不看她那无告凄楚的表示罢!但是不能，我在窗前站了不知多少时候，直到老张进来叫我走，我才急急从架上拿下脸布，胡乱把嘴擦了擦，拿了帽子，匆匆走了。

我这几天心里，一切都换了样。我从前在贵州的时候，虽听说父亲又娶了一个庶母，我绝不在意，并不曾在脑子里放过她一分钟。自从上月到了这里，我头一次见她心里就受了奇异的变动；到现在差不多叫她把我的心田全占了。呵!她的魔力真大——唉!罪过!……我或者不应当这么说，这全不是她的错处，只怪我自己被自然支配罢了。

到车站的时候，还差半点钟，车才能到。我同老张买了月台票，叫老张先进去等，我只在候车室里，独自坐着。我的态度很安闲，但思想可忙极了，不知道她现在怎样了。我和她谈话的机会很少，我来了一个半月，只和她对谈过三次，其余都只在吃饭的时候，谈过一两句不相干的话。我们本是家人，而且又是长辈对于晚辈，本来没有避嫌这一层；不过她向来不大喜欢说话，而且我们又是第一次见面，她自己觉得，又站在母亲的地位，觉得说话很难，所以我纵然顶喜欢和她谈，也是没有用处呢!……

火车头"呜!呜!"的汽笛声，打断我的思路，知道火车已经到了，因急急来到站台里面。这时火车已经停了，许多旅客，都露着到了的喜色，匆匆由车上下来。找了半天，才在二等车上，找到我继母和我的兄弟。把行李都交代老张，我们一直出了车站，马车已预备好了。我们跳上车后，继母果然问我父亲为什么不来，我就把

父亲所交代的话答复了，继母似乎很不高兴，歇了半晌，忽听她冷笑道："什么有病呵！必定让谁绊住呢！"

女人们的心里，有时候真深屈得可怕。我听了这话，只低着头，默然不语，但是我免不得又为她发愁了，将来的日子怎么过呢？

车子到家的时候，我父亲已叫阿妈迎了出来，自己随后也跟着出来，但是她呢！……我真是放心不下，忙忙走进来，只见她呆坐在窗下的椅子上，两目凝视自己的衣襟。我正在奇怪，忽见她衣襟上，有一件亮晶晶的东西一闪，咳！我真傻呵！她那里是注视衣襟，她正在那里落泪呢！

父亲已将继母领到东院去了。过了许久父亲走过来，不知对她说些什么，只见她站了起来。仿佛我父亲求她什么似的，直对她作揖，大概是叫她去见我继母，她走到里间屋里去了，过了一刻又同我父亲出来，直向东院去。我好奇的心，催促我立刻跟过去，但我走到院子不敢进去，因为只听我继母说："你这不长进的东西，我并不曾对不住你，你一去就是十年；叫我们在家里苦等，你却在外头，什么小老婆娶着开心。你父亲死了叫你回去，你都不回去。呸！象你们这些没心肝的人，……"继母说到这里竟放声大哭。我父亲在屋里跺脚。我正想进去劝一劝，忽见门帘一动，她已哭得和泪人般，幽怨不胜的走了出来。我这时由不得跟她到这边来。她到了屋里，也放声呜咽起来，这时我只得叫她庶母了。我说："庶母！你不要自己想不开，悲苦只是糟蹋自己的身体。庶母是明白人，何苦和她一般见识呢！"只听她凄切的叹道："我只怨自己命苦，不幸做了女子，受人欺弄到如此田地——你父亲做事，太没有良心了，他不该葬送我……"咳！我禁不住热泪滚滚流下来了，我正想用一两句恳切的话安慰她，父亲忽然走进来了。他见我在这里，立刻露出极难看的面孔，怒狠狠对我说："谁叫你到这里来！"我只得快快走了出来。到了自己屋里，心里又是羞愧自己父亲不正当的行为，又是为她伤感，受我继母的抢白；这些紊乱热烈的情绪，缠搅得我一夜不曾睡觉。

九月二十二日

我父亲也就够苦了，这几天我继母给他的冷讽热嘲，真够他受的了!女人们的嘴厉害的很多，她们说出话来，有时候足以挖人的心呢!只是她却正和这个反对，头几天她气恼的时候，虽曾给父亲几句不好听的话，但我从不曾听她和继母般的谩骂呢!

近来家庭里，丝毫的乐趣都没有了。便是那架上的鹦鹉，也感觉到这种不和美的骚扰，不耐烦和人学舌了。我这几天仿佛发见我们家庭的命运，已经是走到很可怕的路上来了，倘若不是为了她，我情愿离开这里呢。

她近来真抑郁得成病了，朝霞般的双颊，仿佛经雨的梨花了，又憔悴又惨淡呢!我真忍不住了。昨晚我父亲正在床上过烟瘾的时候，她独自站在廊下。我得了这个机会，就对她说："你不如请求父亲，自己另搬出来住，免得生许多闲气!"她听了这话，很惊异对我望了一眼，又低下头想了一想，似解似不解的说："你也想到这一层吗?"我当时只唯唯应道："是"。她就也转身进屋里去了。

照她的语气，她已经想到这一层了。她真聪明，大约她也许明白我很爱她吗?……不!这只是我万一的希望罢了。

为诚今天又在她和我的面前，议论父亲了。他说父亲今天去买烟枪，走到一家商行里，骗人家拿出许多烟枪来;他立时放下脸说："这种禁烟令森严的时候，你们居然敢卖这种货物，咱们到区里走走吧!"他这几句话，就把那商人吓昏了。赶紧把所有的烟枪，恭恭敬敬都送给他了。

这件事不知是真是假，不过我适才的确见父亲抱了一大包的烟枪进来，但不知为诚从什么地方听来。这孩子最爱打听这些事，其实他有些地方，也极下流呢!他喜欢当面奉承人，背后议论人，这多

半都是受那老太婆的遗传吧!

我父亲的脾气，真暴戾极了，近来更甚。她自从知道我父亲不正的行为后，她已决心不同他合居了。这几天她另外收拾了一间卧房，总是独自睡着。我这时心里有一种不可思议的安慰，我觉得她已渐渐离开父亲，而向我这方面接近了。

九月二十八日

另外一所房子已经找好了，她搬到那边去。父亲忽然叫我到那边和她作伴，呵!这是多么幸运的事呵!

她的脾气很喜欢洁净，正和外表一样。这时她仿佛比前几天快活了，时时和我商量那间屋子怎样布置，什么地方应当放什么东西——这一次搬家的费用，全是她自己的私囊，所以一切东西都很完备。这所房子，一共有十间，一间是她的卧房，卧房里边还有一小套间，是洗脸梳头的地方。一间是堂屋，吃饭就在这里边。堂屋过来有两大间打成一间的，就布置为客厅。其余还有四间厢房。我住在东厢房。西厢房一半女仆住，一半做厨房。靠门还有一间小门房。每间屋子，窗子都是大玻璃的。她买了许多淡青色的罗纱，缝成窗幔，又买了许多美丽的桌毡，椅罩，一天的工夫已把这所房子收拾得又清雅又美丽。我的欣悦还不只此呢!我们还买了一架风琴，她顶喜欢弹琴。她小的时候也曾进过学堂，她嫁我父亲的时候，已在中学二年级了。

这一天晚上，因为厨房还不曾布置好，我们从邻近酒馆叫来些菜;吃饭的时候，只有我和她两个人。我不免又起了许多幻想，若果有一个很生的客人，这时来会我们，谁能不暗羡我们的幸福呢?——可恨事实却正和这个相反:她偏偏不是我的妻，而是我的母亲!我免不得要诅咒上帝，为什么这样布置不恰当呢?

晚饭以后，她坐在风琴边，弹了一曲《闺怨》，声调抑怨深幽，仿佛诉说她心里无限的心曲般。我坐在她旁边，看她那不胜清怨的面容，又听她悲切凄凉的声音，我简直醉了，醉于神秘的恋爱，醉于妙婉的歌声。呵！我不晓得是梦是真，我也不晓得她是母亲还是爱的女神。我闭住眼，仿佛……咳！我写不出来，我只觉得不可形容的欣悦和安慰，一齐都尝到了。

九点钟的时候，父亲来到这里，看了看各屋子的布置，对她说："现在你一切满意了吧！"她只淡淡的答道："就算满足了吧！"父亲又对我说："那边没有人照应，你兄弟不懂事，我仍须回去，你好好照应这边吧！"呵！这是多么爽快的事。父亲坐了坐，想是又发烟瘾了，连打了几个呵欠，他就站起来走了。我送他到门口，看他坐上车，我才关了门进来。她正在东边墙角上一张沙发上坐着，见我进来，便叹道："总算有清净日子过了！但细想作人真一点意思没有呢！"我头一次听她对我说这种失望的话。呵！我真觉得难受！——也许是我神经过敏，我仿佛看出她的心，正凄迷着，似乎自己是没有着落——我想要对她表同情，这并不是我有意欺骗她，其实我也正是同她一样的无着落呵！我有父亲，但是他不能安慰我深幽的孤凄，也正和她有丈夫，不能使她没有身世之感的一样。

我和她默默相对了半晌，我依旧想不出说什么好。我实在踌躇，不知道当否使她知道我真实的爱她，——但没有这种道理，她已经是有夫之妇，并且又是我的长辈，这实是危险的事。我若对她说："我很爱你，"谁知道她眼里将要发出一种的光——愤怒，或是羞媚，甚而至于发出泪光。恋爱的戏是不能轻易演试的，若果第一次失败了，以后的希望更难期了。

不久她似乎倦了，我也就告别，回到我自己的房里去。我睡在被窝里，种种的幻想又追了来。我奇怪极了，当我正想着，她是怎么样可爱的时候，我忽想到死；我仿佛已走近死地了，但是那里绝不是人们想象的那种可怕，有什么小鬼，又是什么阎王，甚至于青面獠牙的判官。

我觉死是最和美而神圣的东西。在生的时候，有躯壳的限制，不止这个，还有许多限制心的桎梏，有什么父亲母亲，贫人富人的区别。到了死的国里，我们已都脱了一切的假面具，投在大自然母亲的怀里，什么都是平等的。便是她也可以和我一同卧在紫罗兰的花丛里，说我所愿意说的话。简直说吧!我可以真真切切告诉她，我是怎样的爱她，怎么热烈的爱她，她这时候一定可以把她无着落的心，从人间的荆棘堆里找了回来，微笑的放在我空虚的灵府里。……便是搂住她——搂得紧紧地，使她的灵和我的灵，交融成一件奇异的真实，腾在最高的云朵，向黑暗的人间，放出醉人的清光。……

十月五日

虽然忧伤可以使人死，但是爱恋更可使人死，仿佛醉人死在酒坛旁边，赌鬼死在牌桌座底下。虽然都是死，可是爱恋的死，醉人的死，赌鬼的死，已经比忧伤的死，要伟大的多了。忧伤的心是紧结的，便是死也要留下不可解的痕迹。至于爱恋的死，他并不觉得他要死，他的心轻松得象天空的云雾般，终于同大气融化了。这是多么自然呵!

我知道我越陷越深，但我绝不因此生一些恐惧，因为我已直觉到爱恋的死的美妙了。今天她替我作了一个淡绿色的电灯罩，她也许是无意，但我坐在这清和的灯光底下读我的小说，或者写我的日记，都感到一种不可言说的愉快。

午后我同她一起到花厂里，买了许多盆淡绿的，浅紫，水红的各色的菊花。她最喜欢那两盆绿牡丹，回来她亲自把它们种在盆里。我也帮着她浇水，费了两点钟的工夫，才算停当。她叫阿妈把两盆绿的放在客厅里，两盆淡紫的放在我的屋里，她自己屋里是摆着两盆水红的，其余六盆摆在回廊下。

我们觉得很高兴，虽然因为种花，蹲在地下腿有些酸，但这不足减少我们的兴味。

吃饭的时候，她用剪刀剪下两朵白色的菊花来，用鸡蛋和面粉调在一起，然后用菜油炸了，一瓣一瓣很松脆的，而且发出一阵清香来，又放上许多白糖。我初次吃这碗新鲜的菜，觉得甜美极了，差不多一盆都让我一个人吃完。

饭后又吃了一杯玫瑰茶，精神真是爽快极了!我因要求她唱一曲《闺怨》，她含笑答应了，那声音真柔媚得象流水般，可惜歌词我听不清;我本想请她写出来给我，但怕她太劳了——因为今天她做的事实在不少了。

这几天我父亲差不多天天都来一次，但是没有多大工夫就走了。父亲曾叫我白天到继母那边看看，我实在不愿意去，留下她一个人多么寂寞呵!而且我继母那讨厌的面孔，我实在不愿意见她呢，可是又不得不稍稍敷衍敷衍她们，明天或者走一趟吧!

十月六日

可笑!我今天十二点钟到那边，父亲还在做梦，继母的头还不曾梳好，院子弄得乱七八糟，为诚早不知道跑到什么地方玩去了。这种家庭连我都处不来，何况她呢?近来我父亲似乎很恨她，因为有一次父亲要在她那里住下，她生气，独自搬到客厅的沙发上，睡了一夜。我父亲气得天还不曾亮，就回那边去了。其实象我父亲那样的人，本应当拒绝他，可是他是最多疑，不要以为是我掏的鬼呢，这倒不能不小心点，不要叫她吃亏吧!她已经是可怜无告的小羊了，再折磨她怎禁受得起呵!

我好多次想鼓起勇气，对她说："我真实的爱你，"但是总是失败。我有时恨自己怯弱，用尽方法自己责骂自己，但是这话才到嘴边，我的心便发起抖来，真是没用。虽然，男子们对于一个女人

求爱，本不是太容易的事呵！忍着吧！总有一天达到我的目的。

今天下午有一个朋友来看我，他尖锐的眼光，只在我身上绕来绕去。这真奇怪，莫非他已有所发见吗？不！大概不至于，谁不知道她是我父亲的妻呢。许是贼人胆虚吧？我自己这么想着，由不得好笑起来！人们真愚呵！

她这几天似乎有些不舒服，她沉默得使我起疑，但是我问她有病吗？她竭力辩白说："没有的事！"那么是为什么呢？

晚上她更忧抑了，晚饭都不曾吃，只懒懒的睡在沙发上。我不知道怎样安慰她才好。唉！我的脑子真笨。桌上三炮台的烟卷，我已经吸完两支了，但是脑子依旧发滞，或者是屋里的空气不好吧？我走到廊下，天空鱼鳞般的云现着淡蓝的颜色，如弦的新月，正照在庭院里，那几盆菊花，冷清清地站在廊下。一种寂寞的怅惘，更扰乱了我的心田。呵！天空地阔，我仿佛是一团飞絮飘零着，到处寻不到着落；直上太空，可怜我本是怯弱的，哪有这种能力；偃卧在美丽的溪流旁边吧，但又离水太近了。我记得儿时曾学过一只曲子："飞絮徜徉东风里，漫夸自由无边际！须向高，莫向低，飞到水面飞不起。"呵！我将怎么办？

她又弹琴了，今天弹的不是《闺怨》了，这调子很新奇，仿佛是《古行军》的调子，比《闺怨》更激昂，更悲凉。我悄悄走到她背后，她仿佛还不觉得，那因她正低声唱着。仿佛是哽着泪的歌喉。最后她竟合上琴长叹了。当她回头看见我站在那里的时候，她仿佛很吃惊，脸上立刻变了颜色，变成极娇艳的淡红色。我由不得心浪狂激，我几乎说出："我真实的爱你！"的话了。但我才预备张开我不灵动的唇的时候，她的颜色又惨白了。到这时候，谁还敢说甚么。她快快的对我说："我今天有些不舒服，要早些睡了。"我只得应道："好！早点睡好。"她离了客厅，回她的卧房去，我也回来了。

奇异呵！我近来竟简直忘记她是我的庶母了。还不只此，我觉得她还是十七八岁青春的处女呢。——她真是一朵美丽的玫瑰，我纵然因为找她，被刺刺伤了手，便是刺出了血，刺出了心窝里的血，我也绝不皱眉的。我只感谢上帝，助我成功，并且要热诚的祈祷了。

十月十二日

今天我都在客厅看报，——她最喜欢看报上的文艺。今天看了一篇翻译的小说，是《玫瑰与夜莺》。她似解似不解，要我替她说明这里面的意思。后来她又问我，"西洋人为什么都喜欢红玫瑰？"我就将红玫瑰是象征爱情的话告诉她，并且又说："西洋的青年，若爱一个少女，便要将顶艳丽的玫瑰送给那少女。"她听完，十分高兴道："这倒有意思！到底她们外国人知道快活，中国人谁享过这种的幸福，只知道女儿大了，嫁了就完了，真是一点意思都没有！"

我得到这种好机会，我绝不能再轻易错过，我因鼓勇对她说："你也喜欢红玫瑰吗？"她怔了一怔，含泪道："我现在一切都完了！"

唉！我又没有勇气了！我真是不敢再说下去，倘若她怒了，我怎么办呢！当时我只默默不语，幸亏她似乎已经不想了，依旧拿起报纸来看。

午饭后父亲来了，坐在她的屋子里。我心里真不高兴，这固然是没理由，但我的确觉得她不是父亲的，她的心从来没给过父亲，这是我敢断定的。至于别的什么名义咧！……那本不是她的，父亲纵把得紧紧的也是没用。她是谁的呢？别人或者要说我狂了，诚然我是狂了，狂于爱恋，狂于自我呵！

睡觉前，我忽然想到我如果送她一束红玫瑰，不知道她怒我，还是感激我……或者也肯爱我？……我想象她抱着我赠她的那束红玫瑰，含笑用她红润的唇吻着，那我将要发狂了，我的心花将要尽

量的开了。这种幸福便是用我的生命来换，我也一点不可惜呢!简直说，只要她说她爱我，我便立刻死在她的脚下，我也将含着欢欣的笑靥归去呢!

说起来，我真有些惭愧!我竟悄悄学写恋歌。我本没有文学的天才，我从来也不曾试写过。今夜从十点钟写起，直写到十二点，可笑只写两行，一共不到十个字。我有点妒嫉那些诗人，他们要怎么写便怎么写，他们写得真巧妙;女人们读了，真会喜欢得流泪呢!——他们往往因此得到许多胜利。

我恨自己写不出，又妒诗人们写得出，他们不要悄悄地把恋歌送给她吧，倘若他们有了这机会，我一定失败了!……红玫瑰也没用处了!

她的心门似乎已开了一个缝，但只是一个缝，若果再开得大一点，我便可以扁着身体走进去。但是用什么法子，才能使她更开得大一点呢!——我真想入非非了。不过无论如何，到现在还只是幻想呵，谁能证实她也正在爱恋我呢。

在这世界上，我不晓得更有什么东西，能把我心的地盘占据了，象她占据一样充实和坚固。我觉得我和她正是一对，——但是父亲呢，他真是赘疣呵!——我忽然想起，我不能爱她，正是因为父亲的缘故，倘若没有父亲在里头作梗，她一定是我的了。

这个念头的势力真大，我直到睡觉了，我梦里还牢牢记着，她不能爱我，正是因为父亲的缘故。

十月十五日

我一直沉醉着，醉得至于发狂，若果再不容我对她说："我真实的爱你"，或者她竟拒绝我的爱，我只有……只有问她是不是因为父亲的缘故;若果我的猜想不错，那么我只得恳求父亲，把她让给我了。父亲未必爱她，但也未必肯把她让给我，而且在人们听来，是很不好听的呵!世界上哪有作儿子的，爱上父亲的妻呢?呵!我究竟要绝望的呵!……但是她若肯接受我的爱，那倒不是绝对想不出法子的呵。……

我早已找到一个顶美的所在，——那所在四面都环着清碧的江水，浪起的时候，激着那孤岛四面的崖石，起一阵白色的飞沫，在金黄色的日光底下，更可以看见钻石般缥碧的光辉。在那孤岛里，只要努力盖两间的小房子，种上些稻子和青菜，我们便可以生存了，——并且很美满的生存。若再买一只小船，系在孤岛的边上，我们相偎倚着，用极温和的声调，唱出我心里的曲子，便一切都满足了。……

我幻想使我渐渐疲倦了，我不知不觉已到梦境里了。在梦里我看见一个形似月球的东西，起先不停的在我面前滚，后来渐渐腾起在半空中。忽见她，披着雪白云织的大衣，含笑坐在那个奇异的球上，手里抱着一束红玫瑰轻轻的吻着，仿佛那就是我送她的。我不禁喜欢得跪下去，我跪在沙土的地上，合着掌恳切的感谢她说："我的生命呵!……这才证实了我的生命的现实呵!"我正在高声的祈祷着，那奇异的球忽然被一阵风，连她一齐卷去了。我吓得失心般叫起来，不觉便醒了。

自从梦里惊醒以后，我再睡不着了。我起来，燃着灯，又读几页《破舟》，天渐渐亮了。

十月十六日

因为昨晚上梦里的欣悦，今天还觉余味尚在，并且顿时决心一定要那么办了。我不等她起来，便悄悄出去了，那时候不过七点钟。秋末的天气，早上的凉风很犀利，但我并没有感到一点不舒服。我觉在我的四周都充满了喜气，我极相信，梦里的情景，是可以实现的，只要我找红玫瑰。……

　　我走到街尽头，已看见那玻璃窗里的秋海棠向我招手，龙须草向我鞠躬，我真觉得可骄傲，——但同时我有些心怯，怎么我的红玫瑰，却深深藏起，不以她的笑靥，对她忠实的仆人呢！

　　花房渐近了。我轻轻推那玻璃门时，有一个二十多岁的男人，含笑招呼我道："先生早呵！要买什么花？这两天秋海棠开得最茂盛，龙须草也不错。"他指这种，说那种固然殷勤极了，但我只恨他不知道我需要是什么？我问他："红玫瑰在哪里？"他说："这几天正缺乏这个，先生买几枝秋海棠吧，那颜色多鲜艳呵！也比红玫瑰不差什么……不然，先生就买几朵黄月季吧！"其实那秋海棠实在也不坏，花瓣水亮极了，平常我也许要买他两盆摆在屋里，现在我却不需要这个了。我懒懒辞别那卖花的人，又折出这条街，向南走了。又经过两三个花铺，但都缺少红玫瑰。我真懊丧极了，但我今天买不到，绝不就回去。

　　还算幸运，最后买到了。只有一束，用白色的绸带束着，下面有一个小小竹子编得花盆很精巧，再加上那飘带，和蝴蝶般翩舞着，真不错，我真感谢这家花铺的主人，他竟预备我所需要的东西了。

　　我珍重着，把这花捧到家里，已经过了午饭的时候，但是她还是支颐坐着等我呢！我不敢把这花很冒昧就递给她，我悄悄地把它放在我的屋里，若无其事般的出来，和她一同吃完午饭。

　　她今天似乎很高兴，午饭后我们坐在堂屋里闲谈。她问我今天一早到什么地方去，我真想趁这机会告诉她我是为她买红玫瑰去了，但是我始终不是这样回答的，我只说："我买东西去了。"她以后便不再往下问了。我回到屋里，想了半天，我便把红玫瑰捧着，来到她的面前。她初看这美艳的花，不禁叫道："真好看，你哪里买来的？"她似乎已忘了我上次对她说的话，我忙答道："好看吗？我打算送给你！"我这时又欣悦，又畏怯。她接了花，忽然象是想起什么来了。她迟迟的说："你不是说红玫瑰……我想你是预备送别人的吧！我不应当接收这个。"我赶忙说："真的，我除了你没有一个人可以送的，因为在这世界上，我是最孤零的，也正和你一样。"她眼里忽然露出惊人的奇光，抖颤着，将玫瑰花放在桌上，仿佛得了急病，不能支持了。她睡在沙发上，眼泪不住的流。咳!这使我懊悔，我为什么使她这样难堪，我恨我自己，我由不得也伤心的哭了。

在这种极剧烈的刺激里，在她更是想不到的震恐。就是我呢，也不曾预想到有这种的现象。真的，我情愿她痛责我。唉!我真孟浪呵!为什么一定要爱她!……我心里觉得空虚了，我还不如飞絮呵!我不但没有着落，并且连飞翔的动力也都没有了。

阿妈进来了，我勉强掩饰我的泪痕，我告诉阿妈，把她扶进屋里，将她安放在床上，然后我回我自己的屋子。伏在枕上，痛切的流我忏悔的眼泪，但我总不平，我不应该受这种责罚呵?

十月二十日

她一直病了!直到现在不曾减轻。父亲虽天天请医生来，但是有什么用处呢?唉!父亲真聪明!他今天忽然问我，她起病的情形，这话怎能对父亲说呢?我欺骗父亲说："我不清楚!"父亲虽然怒骂我"糊涂!"我真感激他，我只望他骂得更狠一点，我对于她的负疚，似乎可以减轻一点。

医生——那李老头子真讨厌，他哪里会治病呵!什么急气攻心咧，又是什么外感内热咧，用手理着他那三根半的鼠须，仰着头瞪着眼，简直是张滑稽画。真怪，世界上的人类，竟有相信这些糊涂东西的话……我站在窗户下面，听他捣鬼，真恨不得叫他快出去呢!

父亲也似乎有些发愁，他预备晚上住在这边。她仿佛极不高兴，她对父亲说："我这病只是心烦，你在这里，我更不好过，你还是到那边去吧!"父亲果然仍回那边去了。

八点多钟的时候，我正在屋里伤心，阿妈来找我，她在叫我。

其实我很畏怯，我实在对不起她呵!在平常的一个妇女的心里，自然想着这是不可能的事情，并且也告诉别人不得的，总算是不冠冕的事呵!唉!……

她拥着一床淡湖色的绉被，含泪坐在床上。她那憔悴的面容，无告而幽怨的眼神，使我要怎样的难过呵!我不敢仰起头来，我只悄悄站在床沿旁边。她长叹了一声，这声音只仿佛一口利剑，我为着这个，由不得发抖，由不得落泪。她喘息着说："你来!你坐下!"我抖战着，怯怯地傍着她坐下了。她伸出枯瘦的手来，握着我的手说："我的一生就要完了，我和你父亲本没有爱情，我虽然嫁了十年，我总不曾了解过什么是爱情。你父亲的行为，你们也都明白，我也明白，但是我是女子，嫁给他了，什么都定了，还有我活动的余地吗?有人也劝我和他离婚，——这个也说不定是与我有益的。但是世界上男人有几个靠得住的，再嫁也难保不一样的痛苦，我一直忍到现在——我觉得是个不幸的人。你不应当自己害自己，照我冷眼看来，你们一家也只有你一个是人，我希望你自己努力你的前途!"

唉!她诚实的劝戒我，真使我惭愧，真使我懊悔!我良心的咎责，使我深切的痛苦。我对她说什么?我只有痛哭，和孩子般赤裸裸无隐瞒的痛哭了!她抚着我的头和慈母般的爱怜，她说："你不用自己难过，这不是你的错，只是你父亲……"她禁不住了，她伏在被上呜咽了。

父亲来了，我仍回我自己的屋里去，除了痛切的哭，我实在不知道怎样处置我自己呵!如果这万一的希望，是不能存在了，我还有什么生趣。

十一月一日

她的病越来越重，父亲似乎知道没指望了。他昨天竟对我说：

"你不要整天坐在家里，看看就有事情要出来了，你也应当替我帮帮忙。"我听了吩咐，不敢不出去，预备接头一切，况且又是她的事情。但不知怎么，我这几天仿佛失了魂似的，走到街上竟没了主意，心里本想向南去，脚却向北走。唉！

晚上回来的时候，父亲恰好出去了。我走到她的床前，只见她红光满面，神采奕奕比平时更娇艳。她含着泪，对我微笑道："你的心我很知道，就是我也未尝不爱你，但他是你的父亲呵！"我听了这话，立刻觉得所有环境都变了。我不敢再踌躇了，我跪在她的面前，诚挚的说："我真实的爱你！"她微笑着，用手环住我的脖颈，她火热的唇，已向我的唇吻合了。这时我不知是欣悦是战兢，也许这只是幻梦，但她柔软的额发，正覆在我的颊上，她微弱的气息，一丝丝都打透我的心田，她松了手，很安稳的睡下。她忽对我说："红玫瑰呢？"

我陡然想起，自从她病后，我早把红玫瑰忘了，——忙忙跑到屋里一看，红玫瑰一半残了，只剩四五朵，上面还缀着一两瓣半焦的花瓣。我觉得这真不是吉兆——明知花草没有不凋谢的，但不该在她真实爱我时凋谢了呵！且不管她这几片残瓣，也足以使我骄傲，若不是这一束红玫瑰，哪有今天的结果——呵！好愚钝的我！不因这一束红玫瑰她怎么就会病，或者不幸而至于死呵……我真伤心，我真惭愧，我的眼泪，都滴在这残瓣上了。

我将这已残的红玫瑰捧到她的床前，她接过来轻轻吻着，落下泪来。这些滴在残瓣上的，是我的泪痕还是她的泪痕，谁又能分清呢？

从此她不再说话，闭上眼含笑的等着，等那仁慈的上帝来接引她了。今夜父亲和我全不曾睡觉，到五点多钟的时候，她忽睁开眼，向四周看了看，见我和父亲坐在她的旁边，她长叹了一声便断了气。

父亲走进去把手放在她的鼻孔旁，知道是没了呼吸，立时走出

来，叫人预备棺木。我只觉一阵昏迷，不知什么时候已躺在自己床上了。

她死得真平静，不象别人有许多号哭的烦扰声。这时天才有一点淡白色的亮光，衣服已经穿好了。下棺的时候她依旧是含笑，我把那几瓣红玫瑰放在她的胸前，然后把棺盖合上。唉！——多残酷的刑罚呵！我只觉我的心被人剜去了，我的魂立刻出了躯壳，我仿佛看见她在前面。她坐在一个奇异的球上披着白云织就的大衣，含笑吻着一束红玫瑰——便是我给她的那束红玫瑰，真奇异呵！……

唉！我现在清醒了！哪有什么奇异的月球，只是我回溯从前的梦境罢了。

十一月三日

今天是她出殡的日子，埋在城外一块墓地上——这墓地是她自己买的。她最喜欢西洋人的墓，这墓的样子，全仿西洋式做的，四面用浅蓝色的油漆的铁栏，围着一个长方的墓，墓头有一块石牌，刻着她的名字，还有一个爱神的石像，极宁静地仰视天空，这都是她自己生前布置的。

下葬后，父亲只跺了跺脚，长叹了一声，就回去了。等父亲走后，我将一束红玫瑰放在坟前，我心里觉得什么都完了。我决定不再回家去。我本没有家，父亲是我的仇人，我的生命完全被他剥夺净了。我现在所有的只是不值钱的躯壳，朋友们只当我已经死了——其实我实在是死了。没有灵魂的躯壳，谁又能当他是人呢，他不过是个行尸走肉呵！

我的日记也就从此绝笔了。我一生不曾作过日记，这是第一次也是末一次。我原是为了她才作日记，自然我也要为了她不再作日记了。

　　绍雅念完了，他很顽皮，趁逸哥回头的工夫，那本书已掷到逸哥头上了。逸哥冷不防吓了一跳，我不觉很好笑，同时也觉得心里怅怅的，不知为什么?

　　这寂寞冷清的一天算是叫我们消遣过了。但是雨呢，还是丝丝的敲着窗子，风还是飒飒摇着檐下的竹子，乌云依旧一阵阵向西飞跑。壁上的钟正指在六时上，黄昏比较更凄寂了。我正怔怔坐着，想消遣的法子，忽听得绍雅问道："我的小说也念完了，你们也听了，但是我糊涂，你们也糊涂，这篇小说，到底是个什么题目呵?"被他这一问，我们细想想也不觉好笑起来。逸哥从地下拾起那本书来，掀着书皮看了看，只见这书皮是金黄色，上面画着一个美少年，很凄楚的向天空望着；在书面的左角上斜标着"父亲"两个字。

　　逸哥也够滑稽了，他说："这谁不知道，谁都有父亲吧!"我们正笑着，又来了一个客人，这笑话便告了结束。

何处是归程

　　在纷歧的人生路上，沙侣也是一个怯生的旅行者。她现在虽然已是一个妻子和母亲了，但仍不时的徘徊歧路，悄问何处是归程。

　　这一天她预备请一个远方的归客，天色才朦胧，已经辗转不成梦了。她呆呆地望着淡紫色的帐顶，——仿佛在那上边展露着紫罗兰的花影。正是四年前的一个春夜吧，微风暗送茉莉的温馨，眉月斜挂松尖把光筛洒在寂静的河堤上。她曾同玲素挽臂并肩，踯躅于嫩绿丛中。不过为了玲素去国，黯然的话别，一切的美景都染上离人眼中的血痕。

　　第二天的清晨，沙侣拿了一束紫罗兰花，到车站上送玲素。沙侣握着玲素的手说："素姐，珍重吧!……四年后再见，但愿你我都如这含笑的春花，它是希望的象征呵!"那时玲素收了这花，火车已经慢慢的蠕动了，——现在整整已经四年。

　　沙侣正眷怀着往事，不觉环顾自己的四周。忽看见身旁睡着十

个月的孩子——绯红的双颊，垂复着长而黑的睫毛，娇小而圆润的面孔，不由得轻轻在他额上吻了一下。又轻轻坐了起来，披上一件绒布的夹衣，拉开蚊帐，黄金色的日光已由玻璃窗外射了进来。听听楼下已有轻微的脚步声，心想大约是张妈起来了吧。于是走到扶梯口轻轻喊了一声"张妈"，一个麻脸而微胖的妇人拿着一把铅壶上来了。沙侣扣着衣纽欠伸着道："今天十点有客来，屋里和客厅的地板都要拖干净些……回头就去买小菜……阿福起来了吗？……叫他吃了早饭就到码头去接三小姐。另外还有一个客人，是和三小姐同轮船来的，……她们九点钟到上海。早点去，不要误了事！"张妈放下铅壶，答应着去了。

沙侣走到梳妆台旁，正打算梳头，忽然看见镜子里自己的容颜老了许多，和墙上所挂的小照，大不同了。她不免暗惊岁月催人，梳子插在头上，怔怔的出起神来。她不住的想道："这是怎么一回事呢？结婚，生子，作母亲，……一切平淡的收束了，事业志趣都成了生命史上的陈迹……女人，……这原来就是女人的天职。但谁能死心塌地的相信女人是这么简单的动物呢？……整理家务，扶养孩子，哦！侍候丈夫，这些琐碎的事情真够消磨人了。社会事业——由于个人的意志所发生的活动，只好不提吧。……唉，真惭愧对今天远道的归客！——一别四年的玲素呵！她现在学成归国，正好施展她平生的抱负。她仿佛是光芒闪烁的北辰，可以为黑暗沉沉的夜景放一线的光明，为一切迷路者指引前程。哦，这是怎样的伟大和有意义！唉，我真太怯弱，为什么要结婚？妹妹一向抱独身主义，她的见识要比我高超呢！现在只有看人家奋飞，我已是时代的落伍者。十余年来所求知识，现在只好分付波臣，把一切都深埋海底吧。希望的花，随流光而枯萎，永永成为我灵宫里的一个残影呵！……"沙侣无论如何排解不开这骚愁的秘结，禁不住悄悄的拭泪。忽听见前屋丈夫的咳嗽声，知道他已醒了，赶忙喊张妈端正面汤，预备点心，自己又跑过去替他拿替换的裤褂。一面又吩咐车夫吃早饭，把车子拉出去

预备着。乱了一阵子，才想去洗脸，床上的小乖乖又醒了，连忙放下面巾，抱起小乖，换尿布，壁上的钟已当当的敲了九下。客人就要来了，一切都还不曾预备好，沙侣顾不得了，如走马灯似的忙着。

沙侣走到院子里，采了几支紫色的丁香插在白瓷瓶里，放在客厅的圆桌上。怅然坐在靠窗的沙发上，静静的等候玲素和她的三妹妹。在这沉寂而温馨的空气里，沙侣复重温她的旧梦，眼睫上不知何时又沾濡上泪液，仿佛晨露浸秋草。

不久门上的电铃，琅琅的响了。张妈"呀"的一声开了大门。一个年轻漂亮的女子，手里提了一个小皮包，含笑走了进来。沙侣忙上前握住她的手，似喜似怅地说道："你们回来了。玲素呢……""来了!沙侣!你好吗?想不到在这里看见你，听说你已经做了母亲，快让我看看我们的外甥，……"沙侣默默的痴立着。玲素仿佛明白她的隐衷，因握着沙侣的手，恳切的说道："歧路百出的人生长途上，你总算找到归宿，不必想那些不如意的事吧!"沙侣蒸郁的热泪，不能勉强的咽下去了。她哽咽着叹道："玲姐，你何必拿这种不由衷的话安慰我，归宿——我真是不敢深想，譬如坑洼里的水，它永永不动，那也算是有了归宿，但是太无聊而浅薄了。如果我但求如此的归宿，——如此的归宿便是人生的真义，那么世界还有什么缺陷?"

"这是为什么?姐姐。你难道有什么不如意的事吗?"沙侣摇头叹道："妹妹，我哪敢妄求如意，世界上也有如意的事吗?只求事实与思想不过分的冲突，已经是万分的幸运了!"沙侣凄楚而深痛的语调，使得大家惘然了。三妹妹似不耐此种死一般的冷寂，站了起来，凭着窗子看院子里的蜜蜂，钻进花心采蜜。玲素依然紧握沙侣的手，安慰她道："沙侣，不要太拘迹吧，有什么难受的呢?世界上所谓的真理，原不是绝对的。什么伟大和不朽，究竟太片面了，何尝能解决整个的人生?——人生原来不是这样简单的，谁能够面面顾到?……如果天地是一个完整的，那么女娲氏倒不必炼石补天了，你也太想不开。”

　　“玲姐的话真不错，人生就仿佛是不知归程的旅行者，走到哪里算到哪里，只要是已经努力的走了，一切都可以卸责了。……姐姐总喜欢钻牛角尖，越钻越仄，……我不怕你笑话，我独身主义的主张，近来有些摇动了……因为我已觉悟，固执是人生滋苦之因，不必拿别人说，且看我们的姑姑吧。”

　　“姑姑近来怎么样?前些日子听说她患失眠很厉害，最近不知好了没有?三妹妹，你从故乡来，也听到她的消息吗?”

　　“姐姐!你自然很仰慕姑姑的努力罗。……人们有的说象她这样才算伟大，但是不幸同时也有人冷笑说她无聊，出风头，姑姑恨起来常常咬着嘴唇道：‘龃龉的人类，永远是残酷的呵!’但有谁理会她，隔膜仿佛铁壁铜墙般矗立在人与人的中间。”

　　玲素听见三妹妹慨然的说着，也不觉有些心烦意乱，但仍勉强保持她深沉的态度，淡淡的说道：“我想世上既没有兼全的事，那末随遇而安自多乐趣，又何必矫俗干名?”

　　沙侣摇头道：“玲姐!我相信你更比我明白一切，因此我知道你的话还是为安慰我而发的。……究竟你也是替我咽着眼泪，何妨大家痛快些哭一场呢!……我老实的告诉你吧，女孩子们的心，完全迷惑于理想的花园里。——玫瑰是爱情的象征，月光的洁幕下，恋人并肩的坐在花丛里，一切都超越人间，把两个灵魂搅合成一个，世界尽管和死般的沉寂，而他和她是息息相通的，是谐和的。唉，这种的诱惑力之下，谁能相信骨子里的真象呢!……简直完全不是这么一回事。——结婚的结果是把他和她从天上摔到人间，他们是为了家务的管理，和性欲的发泄而娶妻。更痛快点说吧，许多女子也是为了吃饭享福而嫁丈夫。——但是做着理想的花园的梦的女子，跑到这种的环境之下，……玲姐，这难道不是悲剧吗?……前天芷芬来，她曾问我说：‘你现在怎么样?看着杂乱如麻的国事，竟没有一些努力的意思吗?’玲姐，你知道芷芬这话，使我如何的受刺激!但

是罪过，我当时竟说出些欺人自欺的话。——'我现在一切都不想了，抚养大了这个小孩子也就算了。高兴时写点东西，念点书，消遣消遣。我本是个小人物，且早已看淡了一切的虚荣。'……芷芬听罢，极不高兴，她用失望的眼光看着我道：'你能安于此也好，不过我也有我的思想，……将军上马，各自奔前程吧!'她大概看我是个不堪造就的废物，连坐也不坐便走了。当时我觉得很抱歉，并且再扪扪心，我何尝真是没有责任心?……呵，玲姐，怯弱的我只有悔恨我为什么要结婚呢?"沙侣说得十分伤心，不住的用罗巾拭泪。

但是三妹妹总不信，不结婚便可以成全一切，她回过头来看着沙侣和玲素说："让我们再谈谈不结婚的姑姑罢。

"玲姐和姐姐，你们脑子里都应有姑姑的印象吧?美丽如春花般的面孔，玲珑而窈窕的身材，正仿佛这漂亮而馥郁的丁香花。可是只是这时候，是丁香的青春期，香色均臻浓艳;不过催人的岁月，和不肯为人驻足的春之女神，转眼走了，一切便都改观。如果到了鹃啼嫣红，莺恋残枝，已是春事阑珊，只落得眷念既往的青春，那又是如何的可悲，如何的冷落?……姑姑近来憔悴得多了，据我的观察，她或者正悔不曾及时的结婚呢!"

沙侣虽听了这话，但不敢深信，微笑道："三妹妹，你不要太把姑姑看弱了。"

三妹妹辩道："你听我讲她一段故事吧。

"今年中秋月夜，我和她同在古山住着，这夜恰是满山的好月色，瀑布和涧流都闪烁着银色的光。晚饭后，我们沿着石路土阶，慢慢奔北山峰，那里如疏星般列着几块光滑的岩石，我们拣了一块三角形的，并肩坐下。忽从微风里悄送来阵阵的暗香，我们藉着月色的皎朗，看见岩石上攀着不少的藤蔓，也有如珊瑚色的圆球，认不出是什么东西。在我们的脚下，凹下去的地方有一道山涧，正潺潺湲湲的流动。我们彼此无言的对坐着，不久忽听见悠扬的歌声，正从对山的礼拜堂里发出来。姑姑很兴奋的站起来说：'美妙极了，此时此地，倘若说就在这时候死了，岂不……真的到了那一天，或者有许多人要叹道：可惜，可惜她死得太早了，如果不死，前途成就正未可量呵!……'我听了这话仿佛得了一种暗示，窥见姑姑心头隆起红肿的伤痕。——我因问道：'姑姑，你为什么说这种短气的话，你的前途正远，大家都希望你把成功的消息报告他们呢。……'姑姑抚着我的肩叹道：'三妹，你知道正是为了希望我的人多，我要早死了。只有死才能得最大的同情。……想起两年前在北京为妇女运动奔走，结果只增加我一些惭愧，有些人竟赠了我一个准政客的刻薄名词。后来因为运动宪法修改委员，给我们相当的援助，更不知受了多少嘲笑。末了到底被人造了许多谣言，什么和某人订婚了，最残忍的竟有人说我要给某人作姨太太，并且不止侮辱我一个。他们在酒酣耳热的时候，从他们喷唾沫的口角上，往往流露出轻薄的微笑，跟着，他们必定要求一个结论道：'这些女子都是拿着妇女运动作招牌，借题出风头。'……你想我怎么受?……偏偏我们的同志又不争气，文兰和美真又闹起三角恋爱，一天到晚闹笑话，我不免愤恨而终至于灰心。不久政局又发生了大变，国会解散，……我们妇女同盟会也就冰消瓦解。在北京住着真觉无聊，更加着不知趣的某次长整天和我夹缠，使我决心离开北京。……还以为回来以后，再想法团结同志以图再举，谁知道这里的环境更是不堪?唉!……我的前途茫茫，成败不可必，倘若事业终无希望，……到不如早些作个结束。……

"姑姑黯然的站在月光之下，也许是悄悄的垂泪，但我不忍对她逼视。当我在回来的路上，姑姑又对我说：'真的，我现在感到各方面都太孤零了。'玲姐，姑姑言外之意便可知了。"沙侣静听着，最后微笑道："那末还是结婚好!"

玲素并不理会她的话，只悄悄的打算盘，怎么办?结婚也不好，不结婚也不好，歧路纷出，到底何处是归程呵?她不觉深深的叹道："好复杂的人生!"

沙侣和三妹妹沉默了，大家各自想着心事。四围如死般的寂静，只有树梢头的黄鹂，正宛啭着，巧弄她的珠喉呢。

秋风秋雨愁煞人

　　凌峰独乘着一叶小舟，在霞光璀璨的清晨里。——淡雾仿若轻烟，笼住湖水与岗峦，氤氲的岫云，懒散的布在山谷里；远处翠翠隐隐，紫雾漫漫，这时意兴十分潇洒。舟子摇着双桨，低唱小调，这船已荡向芦荻丛旁。凌峰站在船头，举目四望，一片红蓼；几丛碧苇，眼底收尽秋色。她吩咐舟子将船拢了岸，踏着细草，悄悄前进走过一箭多路。忽听长空雁唳，仰头一看，霞光无彩，雾氛匿迹，云高气爽，北雁南飞，正是"一年容易又秋风"，她怔怔倚着孤梧悲叹。

　　许多游山的人，在对面高峰上唱着陇头水曲，音调悲凉，她憬然危立，忽见树林里有一座孤坟，在孤坟的四围，满是霜后的枫叶，鲜红比血，照眼生辉，树梢头哀蝉穷嘶，似诉将要僵伏的悲愁，促织儿在草底若歌若泣。她在这冷峭的秋色秋声中，忽想起五年前曾在此地低吟"秋风秋雨愁煞人"！

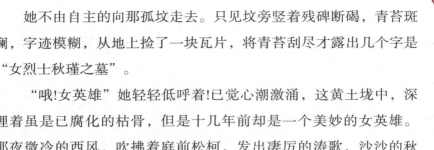

　　她不由自主的向那孤坟走去。只见坟旁竖着残碑断碣，青苔斑斓，字迹模糊，从地上捡了一块瓦片，将青苔刮尽才露出几个字是"女烈士秋瑾之墓"。

　　"哦!女英雄"她轻轻低呼着!已觉心潮激涌，这黄土垅中，深埋着虽是已腐化的枯骨，但是十几年前却是一个美妙的女英雄。那夜微冷的西风，吹拂着庭前松柯，发出凄厉的涛歌，沙沙的秋雨，滴在梧桐叶上，她正坐在窗下，凄影独吊。忽见门帘一动，进来一个英风满面的女子，神色露着张惶，忽将桌上洋灯吹灭，低声道："凌妹真险，请你领我从你家后园门出去，迟了他们必追踪前来。"凌峰莫明其妙的张慌着!她们冒雨走过花园的石子路，向北转，已看见竹篱外的后门了。凌峰开了后门，把她送出去，连忙关上跑到屋里。还不曾坐稳，已听见前面门口有人打门!她勉强镇定了，看看房里母亲，已经睡了，父亲还没有回来，壁上的时针正指在十点，看门的老王进来说："外面有两个侦探要见老爷，我回他老爷没在家，他说刚才仿佛看见一个女人进了咱们的家门，那是一个革命党，如果在这里，须立刻把她交出来，不然咱们都得受连累。"凌峰道："你告诉他并没有人进来，也许他看错了，不信请他进来搜好了，……"

　　母亲已在梦中惊醒，因问道："什么事?"老王把前头的话照样的回了母亲。仿佛已经料到是什么事了，因推枕起来道："快到隔壁叫李家少爷来……半夜三更倘或闹出事来还了得。"老王忙忙把李家少爷请来，母亲托他和那两个侦探交涉，……这可怕的搅骚才幸免了。

　　凌峰背着人悄悄将适才的事告诉了母亲，母亲不禁叹道："你姑爹姑妈死得早，可怜剩下她一个孤女……又是生来气性高傲，喜打抱不平，现在竟作了革命党，唉!若果有什么意外发生怎么办?"说着不禁垂下泪来……十二点多钟凌峰的父亲回来了，听知这消息也是一夜的担心，昨夜风雨中不知她躲在什么地方去?……惊惧的云

幔一直遮蔽着凌峰的一家。

过了几天忽从邮局送来一封信，正是秋瑾的笔迹。凌峰的父亲忙忙展读道：

舅父母大人尊前：

曩夜自府上逃出，正风雨交作，泥泞道上，仓皇奔驰，满拟即乘晚车北去引避，不料官网密密，辛陷其中，甫到车站，已遭逮捕，虽未经宣布罪状，而前途凶多吉少，则可预臆也。但甥自幼孤露，命运厄寒，又际国家多事，满目疮痍，危神洲之陆沉，何惜性命！以身许国甥志早决矣。虽刀踞斧钺之加，不变斯衷。念皇皇华胄，又摧残于腥膻之满人手中，谁能不冲发裂背，以求涤雪光复耶？甥不揣愚鄙，窃慕良玉木兰之高行，妄思有以报国，乃不幸而终罹法网，此亦命也。但望革命克成，虽死犹生，又复何憾？唯夙愿舅父母爱怜，时予训迪，得有今日，罔极深恩，未报万一，一日溘逝，未免遗恨耳！别矣！别矣！临楮凄惶，不知所云。肃叩

福安！

甥女秋瑾再拜

自从这消息传来以后，母亲整整哭了一夜，第二天父亲到处去托人求情，但朝廷这时最忌党人，虽是女流也不轻赦。等到七天以后，就要绑到法场行刑，父亲不敢把这惊人的信息告诉母亲，只说已托人求情，或者有救。母亲每日在佛堂念佛，求菩萨慈悲，保佑这可怜的甥女。

这几天秋雨连绵，秋风瑟瑟，秋瑾被关在重牢里，手脚都上着镣铐，日夜受尽荼毒，十分苦楚，脸上早已惨白，没有颜色。她坐在墙椅角里，对着那铁窗的风雨，怔怔注视。后来她愤然吟道：

"秋风秋雨愁煞人"!她念完这诗句之后，她紧紧闭上眼睛，有时想到死的可怕，但是她最终傲然的笑了，如果因为她的牺牲，能助革命成功，这死是重于泰山，还有比这个更好的死法吗?她想到这里，不但不怕死，且盼死期的来临，鲜红的心血，仿佛是菩萨瓶中的甘露，它能救一切的生灵，僵卧断头台旁的死尸，是使人长久纪念的，伟大而隽永……

行刑的头一天，她的舅父托了许多人情，要会她一面，但只能在铁栏的空隙处看一看，并且时间不得过五分钟。秋瑾这时脸色已变得青黄，两只眼球突出，十分惨厉可怕。她舅父从铁栏里伸进手来，握住她那铁镣琅铛的手，禁不住流下泪来。秋瑾怔怔凝注他的脸，眼睛里的血，一行行流在两颊上，她惨笑，她摇头!她凄厉的说："舅舅保重!"她的心已碎了，她晕然的倒在地下，她舅父在外面顿足痛哭，而五分钟的时间，已经到了，狱吏将他带出去。

到了第二天十点钟的时候，道路上人忙马乱，卫队一行行过去;荷枪实弹的兵士，也是一队队的过去;一个个威风凛凛，杀气蒸腾，杀一个人，究竟怎么一种滋味?呵!这只有上帝知道。

几辆囚车，载着许多青年英豪志士，向刑人场去。最后一辆车上，便是那女英雄秋瑾。凌峰远远的望见，不禁心如刀割，呜咽的哭了。街上看热闹的人，对于这些为国死难的志士，有的莫明其妙的说："这些都是革命党?"有的仿佛很懂得这事情的意味的，只摇着头，微微叹道："可怜!"最后的囚车的女英雄出现了，更使街上的人惊异："女人也作革命党，这真是破天荒的新闻!"

这些英雄，一刹那间都横卧在刑人场上，他们的魂魄，都离了这尘浊的世界了。秋瑾的尸骸，由她舅父装殓后，便停在普救寺里。

过了不久，革命已告成功，各省都悬上白布旗帜。那腥膻的满洲人，都从贵族的花园里，四散逃亡，皇帝也退了位。这些死难的志士，都得扬眉吐气，各处人士都来公祭黄花岗七十二烈士。秋瑾

尤是其中一个努力的志士，因公议把她葬在西湖，使美妙的湖山，更增一段英姿。

凌峰想到这里，再看看眼底的景物，但见荒草离离，白杨萧萧；举首天涯，兵锋连年，国是日非，这深埋的英魂，又将何处寄栖!哪里是理想的共和国家?她由不得悲绪潮涌，叩着那残碑断碣，慨然高吟道：

> "枫林古道，荒烟蔓草，
> 何处赋招魂!
> 更兼这——
> 秋风秋雨愁煞人!
> ……"

她正心魂凄迷的时候，舟子已来催上道。凌峰懒懒出了枫林，走到湖边，再回头一望，红蓼鲜枫，都仿若英雄的热血。她不禁凄然长叹，上了小船，舟子洒然鼓桨前进，不问人是何心情，它依然唱着小调，只有湖上的斜风细雨，助她叹息呢!

房　东

　　当我们坐着山兜，从陡险的山径，来到这比较平坦的路上时，兜夫"唉哟"的舒了一口气，意思是说"这可到了"。我们坐山兜的人呢，也照样的深深的舒了一口气，也是说："这可到了!"因为长久的颠簸和忧惧，实在觉得力疲神倦呢!这时我们的山兜停在一座山坡上，那里有一所三楼三底的中国化的洋房。若从房子侧面看过去，谁也想不到那是一座洋房，因为它实在只有我们平常比较高大的平房高，不过正面的楼上，却也有二尺多阔的回廊，使我们住房子的人觉得满意。并且在我们这所房子的对面，是峙立着无数的山峦。当晨曦窥云的时候，我们睡在床上，可以看见万道霞光，从山背后冉冉而升，跟着雾散云开，露出艳丽的阳光，再加着晨气清凉，稍带冷意的微风，吹着我们不曾掠梳的散发，真有些感觉得环境的松软，虽然比不上列子御风，那么飘逸。至于月夜，那就更说不上来的好了。月光本来是淡青色，再映上碧绿的山景，另是一种

翠润的色彩，使人目怡神飞，我们为了它们的倩丽往往更深不眠。

　　这种幽丽的地方，我们城市里熏惯了煤烟气的人住着，真是有些自惭形秽，虽然我们的外面是强似他们乡下人，凡从城里来到这里的人，一个个都仿佛自己很明白什么似的，但是他们乡下人至少要比我们离大自然近得多，他们的心要比我们干净得多。就是我那房东，她的样子虽特别的朴质，然而她却比我们好象知道什么似的人，更知道些。也比我们天天讲自然趣味的人，实际上更自然些。

　　可是她的样子，实在不见得美，她不但有乡下人特别红褐色的皮肤，并且她左边的脖项上长着一个盖碗大的肉瘤。我第一次看见她的时候，对于她那个肉瘤很觉厌恶，然而她那很知足而快乐的老面皮上，却给我很好的印象。倘若她只以右边没长瘤的脖项对着我，那到是很不讨厌呢！她已经五十八岁了，她的老伴比她小一岁，可是他俩所作的工作，真不象年纪这么大的人。他俩只有一个儿子，倒有三个孙子，一个孙女儿。他们的儿熄妇是个瘦精精的妇人，她那两只脚和腿上的筋肉，一股一股的隆起，又结实又有精神。她一天到晚不在家，早上五点钟就到田地里去做工，到黄昏的时候，她有时肩上挑着几十斤重的柴来家了。那柴上斜挂着一顶草笠，她来到她家的院子里时，把柴担从这一边肩上换到那一边肩上时，必微笑着同我们招呼道："吃晚饭了吗？"当这时候，我必想着这个小妇人真自在，她在田里种着麦子，有时插着白薯秧，轻快的风吹干她劳瘁的汗液；清幽的草香，阵阵袭入她的鼻观。有时可爱的百灵鸟，飞在山岭上的小松柯里唱着极好听的曲子，她心里是怎样的快活！当她向那小鸟儿瞬了一眼，手下的秧子不知不觉已插了许多了。在她们的家里，从不预备什么钟，她们每一个人的手上也永没有带什么手表，然而她们看见日头正照在头顶上便知道午时到了，除非是阴雨的天气，她们有时见了我们，或者要问一声：师姑，现在十二点了罢！据她们的习惯，对于做工时间的长短也总有个准儿。

住在城市里的人每天都能在五点钟左右起来，恐怕是绝无仅有，然而在这岭里的人，确没有一个人能睡到八点钟起来。说也奇怪，我在城里头住的时候，八点钟起来，那是极普通的事情，而现在住在这里也能够不到六点钟便起来，并且顶喜欢早起，因为朝旭未出将出的天容，和阳光未普照的山景，实在别饶一种情趣。更奇异的是山间变幻的云雾，有时雾拥云迷，便对面不见人。举目唯见一片白茫茫，真有人在云深处的意味。然而霎那间风动雾开，青山初隐隐如笼轻绡。有时两峰间忽突起朵云，亭亭如盖，翼蔽天空，阳光黯淡，细雨靡靡，斜风潇潇，一阵阵凉沁骨髓，谁能想到这时是三伏里的天气。我意记得古人词有"采药名山，读书精舍，此计何时就？"这是我从前一读一怅然，想望而不得的逸兴幽趣，今天居然身受，这是何等的快乐！更有我们可爱的房东，每当夕阳下山后，我们坐在岩上谈说时，她又告诉我们许多有趣的故事，使我们想象到农家的乐趣，实在不下于神仙呢。

女房东的丈夫，是个极勤恳而可爱的人，他也是天天出去做工，然而他可不是去种田，他是替村里的人，收拾屋漏。有时没有人来约他去收拾时，他便戴着一顶没有顶的草笠，把他家的老母牛和老公牛，都牵到有水的草地上，拴在老松柯上，他坐在草地上含笑看他的小孙子在水涯旁边捉蛤蟆。

不久炊烟从树林里冒出来，西方一片红润，他两个大的孙子从家塾里一跳一踯的回来了。我们那女房东就站在斜坡上叫道："难民仔的公公，回来吃饭。"那老头答应了一声"来了"，于是慢慢从草地上站起来，解下那一对老牛，慢慢踱了回来。那女房东在堂屋中间排下一张圆桌，一碗热腾腾的老倭瓜，一碗煮糟大头菜，一碟子海蛰，还有一碟咸鱼，有时也有一碗鱼鲞炖肉。这时他的儿媳妇抱着那个七八个月大的小女儿，喂着奶，一手抚着她第三个儿子的头。吃罢晚饭她给孩子们洗了脚，于是大家同坐在院子里讲家常。我们从楼上的栏杆望下去，老女房东便笑嘻嘻的说："师姑！

晚上如果怕热，就把门开着睡。"我说："那怪怕的，倘若来个贼呢？……这院子又只是一片石头垒就的短墙，又没个门！""呵哟师姑！真真的不碍事，我们这里从来没有过贼，我们往常洗了衣服，晒在院子里，有时被风吹了掉在院子外头，也从没有人给拾走。到是那两只狗，保不定跑上去。只要把回廊两头的门关上，便都不碍了！"我听了那女房东的话，由不得称赞道："到底是你们村庄里的人朴厚，要是在城里头，这么空落落的院子，谁敢安心睡一夜呢？"那老房东很高兴的道："我们乡户人家，别的能力没有，只讲究个天良，并且我们一村都是一家人，谁提起谁来都知道的，要是作了贼，这个地方还住得下去吗？"我不觉叹了一声，只恨我不作乡下人，听了这返朴归真的话，由不得不心惊，不用说市井不曾受教育的人，没有天良；便是在我们的学校里还常常不见了东西呢！怎由得我们天天如履薄冰般的，掬着一把汗，时时竭智虑去对付人，那复有一毫的人生乐趣？

我们的女房东，天天闲了就和我们说闲话儿，她仿佛很羡慕我们能读书识字的人，她往往称赞我们为聪明的人。她提起她的两个孙子也天天去上学，脸上很有傲然的颜色。其实她未曾明白现在认识字的人，实在不见得比他们庄农人家有出息。我们的房东，他们身上穿着深蓝老布的衣裳，用着极朴质的家具，吃的是青菜罗荸白薯搀米的饭，和我们这些穿缎绸，住高楼大厦，吃鱼肉美味的城里人比，自然差得太远了。然而试量量身分看，我们是家之本在身，吃了今日要打算明日的，过了今年要打算明年的，满脸上露着深虑所渍的微微皱痕，不到老已经是发苍苍而颜枯槁了。她们家里有上百亩的田，据说好年成可收七八十石的米，除自己吃外，尚可剩下三四十石，一石值十二三块钱，一年仅粮食就有几百块钱的裕余。以外还有一块大菜园，里面萝荸白菜，茄子豆解，样样俱全。还有白薯地五六亩，猪牛羊鸡和鸭子，又是一样不缺。并且那一所房除了自己住，夏天租给来这里避暑的人，也可租上一百余元，老母鸡一天一个蛋，老母牛一天四五瓶牛奶，倒是纯粹的好子汁，一点不搀水的，我们天天向他买一瓶要一角二分大洋。他们吃用全都是自己家里的出产品，每年只有进款加进款，却不曾消耗一文半个，他们舒舒齐齐的做着工，过着无忧无虑的日子。他们可说是"外干中强"，我们却是"外强中干"。只要学校里两月不发薪水，简真就要上当铺，外面再掩饰得好些，也遮不着隐忧重重呢！

我们的老房东真是一个福气人，她快六十岁的人了，却象四十几岁的人。天色朦胧，她便起来，做饭给一家的人吃。吃完早饭，儿子到村集里去作买卖，媳妇和丈夫，也都各自去做工，她于是把她那最小的孙女用极阔的带把她驮在背上，先打发她两个大孙子去上学，回来收拾院子，喂母猪，她一天到晚忙着，可也一天到晚的微笑着。逢着她第三个孙子和她撒娇时，她便把地里掘出来的白薯，递一片给他，那孩子嘻嘻的蹲在捣衣石上吃着。她闲时，便把背上的孙女放下来，抱着坐在院子里，抚弄着玩。

有一天夜里，月色布满了整个的山，青葱的树和山，更衬上这淡淡银光，使我恍疑置身碧玉世界，我们的房东约我们到房后的山坡上去玩，她告诉我们从那里可以看见福州。我们越过了许多壁立的巉岩，忽见一片细草平铺的草地，有两所很精雅的洋房，悄悄的站在那里。这一带的松树被风吹得松涛澎湃，东望星火点点，水光泻玉，那便是福州了。那福州的城子，非常狭小，民屋垒集，烟迷雾漫，与我们所处的海中的山巅，真有些炎凉异趣。我们看了一会福州，又从这叠岩向北沿山径而前，见远远月光之下竖立着一座高塔，我们的房东指着对我们说："师姑！你们看见这里一座塔吗？提到这个塔，有一个很有趣的故事，我们这里相传已久了。——"人们都说那塔的底下是一座洞，这洞叫作小姐洞，在那里面住着一个神道，是十七八岁长得极标致的小姐，往往出来看山，遇见青年的公子哥儿，从那洞口走过时，那小姐便把他们的魂灵捉去，于是这个青年便如痴如醉的病倒，吓得人们都不敢再从那地方来。——有

一次我们这村子，有一家的哥儿只有十九岁，这一天收租回来，从那洞口走过，只觉得心里一打寒战，回到家里便昏昏沉沉睡了，并且嘴里还在说：小姐把他请到卧房坐着，那卧房收拾得象天宫似的。小姐长得极好，他永不要回来。后来又说某家老二老三等都在那里做工。他们家里一听这话，知道他是招了邪，因找了一个道士来家作法。第一次来了十几个和尚道士，都不曾把那哥儿的魂灵招回来；第二次又来了二十几个道士和尚，全都拿着枪向洞里放，那小姐才把哥儿的魂灵放回来！自从这故事传开来以后，什么人都不再从小姐洞经过，可是前两年来了两个外国人，把小姐洞旁的地买下来，造了一所又高又大的洋房，说也奇怪，从此再不听小姐洞有什么影响，可是中国的神道，也怕外国鬼子——现在那地方很热闹了，再没有什么可怕！"

我们的房东讲完这一件故事，不知想起什么，因问我道："那些信教的人，不信有鬼神，……师姑！你们读书的人自然知道没有鬼神了。"

这可问着我了，我沉吟半晌答道："也许是有，可是我可没看见过，不过我总相信在我们现实世界以外，总另有一个世界，那世界你们说他是鬼神的世界也可以，而我们却认为那世界为精神的世界……"

"哦！倒是你们读书的人明白！……可是什么叫作精神的世界呵！是不是和鬼神一样？"

我被那老婆婆这么一问，不觉嗤的笑了，笑我自己有点糊涂，把这么抽象的名词和他们天真的农人说。现在我可怎样回答呢，想来想去，要免解释的麻烦，因唔嗫着道："正是，也和鬼神差不多！"

好了！我不愿更谈这玄之又玄的问题，不但我不愿给她勉强的解释，其实我自己也不大明白，我因指着她那大孙子道："孩子倒好福相，他几岁了？"我们的房东，听我问她的孩子，十分高兴的答道："他今年九岁了，已定下亲事，他的老婆今年十岁了，"后又指着她第二个孙子道："他今年六岁也定下亲，他的老婆也比他大一岁，今年七岁……我们家里的风水，都是女人比丈夫大一岁，我比他公公大一岁，他娘比他爹大一岁……我们乡下娶媳妇，多半都比儿子要大许多，因为大些会作事，我们家嫌大太多不大好，只大着一岁，要算得特别的了。"

"吓!阿姆你好福气，孙子媳妇都定下了，足见得家里有，要不然怎么作得起。"我们用的老林很羡慕似的，对我们的房东说。我不觉得有些好奇，因对那两个小孩望着，只见他们一双圆而黑的眼珠对他们的祖母望着，……我不免想这么两个无知无识的孩子，倒都有了老婆，这真是有点不可思议的事实。自然在我们受过洗礼的脑筋里，不免为那两对未来的夫妇担忧，不知他们到底能否共同生活，将来有没有不幸的命运临到他和她，可是我们的那老房东确觉得十分的爽意，仿佛又替下辈的人作成了一件功绩。

一群小鸡忽然啾啾的嘈了起来，那老房东说："又是田鼠作怪!"因忙忙的赶去看。我们怔怔坐了些时就也回来了，走到院子里，正遇见那房东迎了出来，指着那山缝的流水道："师姑!你看这水映着月光多么有趣……你们如果能等过了中秋节下去，看我们山上过节，那才真有趣，家家都放花，满天光彩，站在这高坡上一看真要比城里的中秋节还要有趣。"我听了这话，忽然想到我来到这地方，不知不觉已经二十天了，再有三十天，我就得离开这个富于自然——山高气清的所在，又要到那充满尘气的福州城市去，不用说街道是只容得一辆汽车走过的那样狭，屋子是一堵连一堵排比着，天空且好比一块四方的豆腐般呆板而沉闷。至于那些人呢，更是俗垢遍身不敢逼视。

日子飞快的悄悄的跑了，眼看着就要离开这地方了。那一天早起，老房东用大碗满满盛了一碗糟菜，送到我的房间，笑容可掬的说，"师姑!你也尝尝我们乡下的东西，这是我自己亲手作的，这

几天才全晒干了，师姑你带到城里去，管比市上卖的味道要好，随便炒吃炖肉吃，都极下饭的。"我接着说道："怎好生受，又让你花钱。"那老房东忙笑道："师姑！真不要这么说，我们乡下人有的是这种菜根子，那象你们城市的人样样都须花钱去买呢！"我不觉叹道："这正是你们乡下人叫人羡慕而又佩服的地方，你们明明满地的粮食，满院的鸡鸭和满圈子的牛羊猪，是要什么有什么，可是你们样子可都诚诚朴朴的，并没有一些自傲的神气，和奢侈的受用，……这怎不叫人佩服！再说你们一年到头，各人作各人爱作的事，舒舒齐齐的过着日子，地方的风景又好，空气又清，为什么人不羡慕?!……"

那老房东听了这话，一手摸着那项上的血瘤，一面点头笑道："可是的呢！我们在乡下宽敞清静惯了倒不觉得什么……去年福州来了一班耍马戏的，我儿子叫我去见识见识，我一清早起带着我大孙子下了岭，八点钟就到福州，我儿子说离马戏开演的时间还早咧，我们就先到城里各大街去逛，那人真多，房子也密密层层，弄得我手忙脚乱，实觉不如我们岭里的地方走着舒心……师姑！你就多住些日子下去吧!……"

我笑道："我自然是愿意多住几天，只是我们学校快开学了，我为了职务的关系，不能不早下去……这个就是城市里的人大不如你们乡下人自在呵!"

我们的房东听了这话，只点了一点头道："那么师姑明年放暑假早些来，再住在我们这里，大家混得怪熟的，热刺刺的说走，真有点怪舍不得的呢!"

可是过了两天，我依然只得热刺刺的走了，不过一个诚恳而温颜的老女房东的印象却深刻在我的心幕上——虽是她长着一个特别的血瘤，使人更不容易忘怀；然而她的家庭，和她的小鸡和才生下来的小猪儿……种种都充满了活泼泼的生机，使我不能忘怀——只要我独坐默想时，我就要为我可爱而可羡的房东祝福！并希望我明年暑假还能和她见面！

水　灾

　　萨县有好几天，不听见火车经过时的汽笛声，和车轮辗过轨道时的隆隆声了。这是怎样沉闷的天气呵!丝丝的细雨，从早飘到夜，从夜飘到明，天空黑黝黝的，如同泼上了一层淡墨，人们几乎忘记了太阳的形色。那雨点虽不是非常急骤的倾泻着，而檐前继续的雨漏声，仿佛奏着不调协的噪乐，使人感到天地间这时是弃塞了非常沉重的气流。头顶上的天，看着往下坠，几乎要压在人们的眉梢上了，便连呼吸也象是不容易呢。有时且听见浪涛的澎湃声，就是那些比较心胸旷达的人，用一种希冀那仅仅是松涛的幻想，来自慰藉，也仍然不能使他们的眉峰完全舒展，一个大的隐忧正搅乱着这一县民众的心。

　　一天一天过去了，雨也跟着时间加增它的积量，愁苦也更深的剥蚀着村民的心。

　　忠信村的农夫王大每日每日，闷坐在家门口的草棚下，看着那

被雨打得偃伏在地上的麦梗，和那渐渐萎黄的嫩麦穗，无论如何，他不能不被忧苦所熬煎。

"唉，老天爷！"他讷讷的叫着。忽然有一张绛红色的小圆面孔，从草屋的门口现了出来，在那鲜红的唇里包满着山药，两辅上下的扯动着，同时一双亮晶晶的深而大的眼睛，不住的看着那正在叹气的王大叫道："爹爹！"

这是一种沁心的甜美的声调，王大的心弦不禁颤动了，嘴角上挂了不能毁灭的笑容，伸手拉过这个可爱的孩子，温和的抚弄他额前的短发。但是雨滴又一阵急狂的敲在草棚上，王大只觉眼前一黑，陡然现出一个非常可怕的境地，他看见那一片低垂着头，而大半萎黄了的麦穗，现在更憔悴得不象样了，仿佛一个被死神拖住的人，什么希冀都已完结。同时看见麦田里涌起一股一股的白浪来，象一个张牙舞爪的恶魔，正大张着嘴，吞噬着稼禾、屋舍、人畜。渐渐的，水涌到他的草房里来，似乎看见自己的黑儿，正被一个大浪头卷了去，他发狂地叫了起来。

正在编草帘的妻子，听见这惊恐的吼叫，连忙从屋里抢了出来，一把拖住王大，只见他两眼大睁着，不住地喘气。

"唷！黑儿的爹！这是怎么啦？"妻惊慌的问他，这是黑儿也从草棚的木桌底下钻了过来，用小手不住地推王大，叫道："爹爹！爹爹！"王大失去的魂灵，才又渐渐地归了原壳，抬眼看看妻和黑儿，眼里不禁滴下大颗大颗的眼泪，一面牵着黑儿，长叹道："这雨还只是下，后河里的水已经和堤一般高了，要是雨还不止，这地方就不用想再有活人了！"

"唉，黑儿的爹，这是天老爷的责罚，白发愁也不济事，我想还是到村东关帝庙，烧烧香，求求大慈大悲的关帝爷吧！也许天可怜见，雨不下了，岂不是好？"王大的妻，在绝望中，想出这唯一的办法来。王大觉得妻子的主意是对的，于是在第二天，东方才有些发亮时，他便连忙起来，洗净了手脸，叫起黑儿，拿了香烛纸绽往村东的关帝庙去。

到了那里，只见那庙的矮墙，已被水冲倒了一半，来到大殿上，礼参了关公的法像。王大一面烧化纸锭，一面叫黑儿跪下叩头，他自己并且跪在神前，祷祝了许久，才站起来，恭恭敬敬地又作了三个揖，这才心安理得的，同着黑儿回去了。

这一天下午，雨象是有住的意思，泼墨似的黑云已渐渐退去，王大心里虔信关帝爷的百灵百验，便自心里许愿，如能免了这次的水灾，他一定许买个三牲供祭。同时美丽的幻梦，也在脑子里织起来。他在麦地里绕着圈子，虽是有些麦穗已经涝了，但若立刻天晴，至少还有六七成的收获，于是一捆一捆的粮食，在那金色的太阳下面闪光了；一担担的米谷，挑到打麦场去；跟着一叠叠的银元握在手里了。王大抱着希望而快乐的心情奔回草屋里去。走进房，正迎着黑儿在抱着一个饼子啃呢，王大含笑的，把黑儿抱在膝上，用着充满快乐的语调向黑儿说道："黑儿，你想到村学里去读书吗？"

黑儿笑嘻嘻地扳着王大的颈子道："爹爹，我要念书，你得给我买一顶好看的帽子，也要作一件长衫，象邻家阿英一样的。"

"好吧，只要我们今年有收成，爹爹全给你买。"

黑儿真觉爹爹太好了，用嘴亲着爹爹的手，渐渐的眼睛闭起来，他已走进甜美的梦境去了。王大轻轻地把他放平在大木床上，自己吃了一袋烟，和妻子吃过饭，也恬然地睡去。

半夜里一个霹雷，把这一家正在作着幸福之梦的人惊醒了。王大尤其心焦的不能睡，草房上正飞击着急骤的雨点，窗眼里闪着火龙似的电光。王大跳下地来，双手合十地念道："救苦救难的关帝爷。……"

轰隆，轰隆，一阵巨响，王大的妻发抖地叫道："你听，你听，黑儿的爹，这是什么声音呵？"

王大开了门，借着一道光亮的闪电，看见山那边，一团，一团的山水向下奔，王大失声叫道："老天，这可罢了，快些收拾东西逃命吧！"

王大帮着妻，打开床旁的木箱，抓了一堆衣服，用一个大包

袱包了；又郑重地把那历年来存积的五十元光洋钱抢出来，塞在怀里；一面背了黑儿，冒着急雨，一脚高一脚低地奔那高坡去。

轰隆，轰隆，又是一阵惊天动地的巨响，他们回头一看自己的草屋和草棚都被山水冲去了。许多的黑影，都向高处狂奔着，凄厉地叫着哭着。黑儿躲在王大的背上，叫道："我怕，我怕，爹爹呀！"王大喘着气，拉着妻子已来到高坡上了。他放下黑儿，这时天色已渐亮了，回头一看，这村子已成了茫茫的大海了，而水势依然狂涨，看看离这高坡只有二三尺了。王大的妻把黑儿紧搂在怀里，一面喊着："菩萨救命呵！"但是一切的神明都象聋了耳朵，再听不见这绝望的呼声。正在这个时候，一个高掀的大浪头，向这土坡卷过来，于是这三个人影便不见了，土坡也被淹没，只露出那土面上面的一株树梢。

这样恐怖的三天过去了，忠信村的水也渐渐退了，天色也已开晴，便是阳光，也仍然灿烂的照着。但在这灿烂光影下的一切的东西，却是令人可怕。被水泡肿了庞大的黄色尸体，人和牲畜凌乱的摆着。在那一株松树根下，正睡着王大的妻和黑儿可怕的尸体，而王大却失了踪迹。不久来了灰衣灰裤的工兵，拿着铁锹工具，正在从事掩埋的工作，还有几个新闻记者，带了照相机，在这里拍照。

忠信村已被这次的大水所毁灭了，现在虽然水已退净，而房屋倒塌，田具失落，村民就是不死，也无法生存，但是有些怀恋着故土的村人们，仍然回来，草草搭个草棚，苦挨着度日。在一天早晨，邻村的张泉从这忠信村经过，看见一个老农人，坐在一个小土坡前，低头垂泪，走近细认，原来正是失踪的王大，他站住叫道："王大叔。"

"是你啊！泉哥儿！"王大愁着眉说。

"王大叔！婶子和黑儿兄弟呢？"张泉问。

王大听见阿泉提起他妻和黑儿，抖颤着声音道："完了，什么都完了！这一次的水灾真够人受啊！你们那里倒还好？"

"哦，"阿泉说："比这里好些，不过也淹了不少的庄稼，冲倒三五十间草房呢!……王大叔，你这些日子在什么地方躲着的?"

五大叹了一口气道："你这里坐下吧。"

阿泉坐在他身旁，于是王大开始述说他被救的经过：

"那夜大水来的时候，我们一家人都躲到屋后的高土坡上去，忽然一个浪头盖了下来，我连忙攀住一块木板，任着它漂了下去。几阵浪头，从我身上跳过去时，我呛了两口水，就昏迷过去了，后来不知怎么我竟被冲到一块沙滩上。醒来时，看见一个打渔的老人正蹲在我身边。看见我睁开眼，他叫道：'大嫂，这个人活了。'于是一个老婆婆从一只渔船里走来，给我喝了些水，我渐渐清楚起来，又蒙那好心的渔翁，给我换了衣裳，熬了热粥调养我，一连住了三天，便辞别了他们回到村里来。唉，阿泉你看这地方还象是一个村落吗?我今早绕着村子走了一遍，也不曾看见黑儿和他的娘，后来碰到李大叔，他才告诉我他们已经被水淹死了，那边的大冢埋着几十个尸首呢，他们也在那里边。唉，泉哥儿，什么都完了啊!"

"王大叔，你现在打算怎么过活?"

"我已经答应李大叔同去修河堤。"王大说。

"是的，昨天我已经看见县里招募民夫修河堤的告示了!"张泉停了停，接着说道："我们村里大半的人都要去，这倒是一件好事，修好了河堤，以后的村民就不会再遭殃了。"

"我也正是这样想，"王大说："我自己受了苦，我不忍心以后的人再受苦。"

阿泉站起来点点头道："那么明天我们河堤上见吧!"阿泉说完便走了。王大又向着那大冢滴了些泪，便去应募了。

几个月以后，河堤完工了。王大仍然回到忠信村来，他仍在他本来的草屋那里，盖了一间草屋，种了一些青菜和麦子，寂寞的生活着。

第二年的夏天到了，虽然仍接连着下了几天雨，但因河堤的坚固高峻，村子里是平安的，只有王大他是无福享受自己创造的命运，在那一年的秋初，他已被沉重的忧伤，销毁了他的生命。

血泊中的英雄

　　用斧子砍死一个人，因为他是我们的敌人，这是多么冠冕堂皇的话，谁能反对他这个理由呢？——由我们元祖宗亲已经给了我们放仇人不过的教训。

　　不幸的志玄，他被一般和他凤未谋面的人，认他是仇敌，这未免太滑稽了吧！但是他们原不懂谁是谁非，只要有人给他相当的利益，他自然乐得举起斧子给他一顿了！

　　大约在两个月以前吧。正是江寒雪白的时候，我正坐在屋里炉边向火。忽见一个青年——他是我新近认识的朋友，进来对我说："现在的世界实在太残酷了，好端端的一个人，从他由家里出来的时候，他绝梦想不到，从此只剩了魂魄同去了！可是他居然莫名其妙的睡在血泊中，那一群蓝布短衫，黑布短裤的人，好像恶狼似的，怒目张口向他咬啮，一群斧子不问上下的乱砍，于是左手折了，右腿伤了。他无抵抗的睡在血泊中。"

一种种的幻像，在他神志昏乱的时候悄悄的奔赴。

三间茅房，正晒着美丽的朝阳，绿油油的麦穗，在风地里袅娜弄姿。两鬓如霜的老母亲，正含笑从那短短的竹篱里赶出一群鸡雏，父亲牵着母牛，向东边池畔去喂草。可爱的小妹妹，采了油菜的花蕊，插在大襟上。母亲回过头来看见藏蕃薯的窖，不觉喜欢得笑出泪来，拉着妹妹的手说："你玄哥哥最喜吃蕃薯，再两个月就放暑假了，他回来看见这一地窖子的白薯，该多么欢喜！你不许私自去拿，留着好的，等待你远道的玄哥。"母亲呵！如春晖如爱日的母亲，怎么知道你念念不忘的玄儿，正睡在血泊中和命运扎挣。

眼中觉得潮润，头脑似乎要暴裂，神志昏迷了；温爱的家园，已隐于烟雾之后了。

不知道什么时候，竟睡在一间陌生的屋子里，一个白衣白帽的女人，正将一个冷冰冰的袋子，放在自己头上，觉得神气清爽多了。

这是怎么一回事呢，我不曾得罪他们，为什么他们要拿斧子砍我？可是他们不也有母亲吗，为什么不替母亲想？母亲的伤心，他们怎么总想不到呢？"哎哟妈妈呀！"

站在志玄身旁的看护妇，忽听志玄喊妈妈，以为他的伤处痛疼，因安慰他道："疼吗！忍耐点，不要紧的，明天就好了。"志玄摇摇头道："不！……我想我的母亲，母亲来，我才能好，请赶快去叫我的母亲——我亲爱的妈妈！"

志玄流着恋慕的眼泪，渐觉得眼前一阵昏黑，便晕过去了。

几个来探病的同学，都悄悄的站在门外，医生按着脉，蹙着眉说："困难，困难，伤虽不是绝对要紧，但是他的思想太多，恐怕心脏的抵抗力薄弱，那就很危险，最好不要想什么，使他热度稍微退一点才有办法。"医生说完忙忙的到别的病房去诊视去了。同学们默默的对望着，然而哪里有办法！有的说："去打电报，叫他的

母亲来吧？"有的说："听说他母亲的年纪很大了，并且只有他这么一个儿子，若突然的接到电报宁不要吓杀。""那么怎么办呢，看着他这样真难过，这些人他们怎么没一点人心，难道他们是吃了豹子心的。"一个年轻的同学越说越恨，竟至掉下泪来，其余的同学看他这副神气，又伤心，又可笑，正要想笑，忽听志玄又喊起来道："妈妈呀，他们摘了你的心肝去了，好朋友们你们打呵，他们是没有心肝的，……哎哟可怕呢，一群恶鬼他们都拿着斧子呢，你们砍伤母亲的儿子，母亲多么伤心呵！"

恐怖与哀悯，织成云雾，幔罩在这一间病室里，看护妇虽能勉强保持她那行若无事的态度，但当她听见病人喊妈妈的时候，她也许曾背过脸去拭泪，因为她的眼圈几次红着。医生又来看了一次，大约是绝望了，他虽不曾明明这样说，可是他蹙着眉摇着头说："他的家里已经通知了吗？我想你们应当找他的亲人来。"哎！这恶消息顷刻传遍了，朋友们都不禁为这个有志而好学的青年流泪，回廊上站满了和志玄有关系的人，他们眼看着将走入死的程途的志玄，不免想到他一生。"志玄实在是一个不可多得的少年，他生成一副聪明沉毅的面孔和雄壮陡峭的躯格，谁能想得到收束得这样快呢？"

他曾梦想要作一个爱的使者，消除人间的隔膜，并且他曾立志要为人与人间的连锁线，他因为悲悯一般无知识的人们，为他们开辟光明的疆土，为他们设立学校，他主张伟大的爱，爱所有的人类，然而他竟因此作了血泊中的英雄。

悲愤——也许是人类的羞耻吧，——这时占据了病室中的人们的心，若果没有法子洗掉这种的羞耻，他们实在有被焚毁的可能。唉！上帝！在你的乐园里，也许是美满的，圣洁的，和永无愁容的灵魂，然而这可怕的人世，便是你安排的地狱吗？那么死实在是罪恶的结束了。

诅咒人生的青年们，被忧愁逼迫得不萎气，只是将眼泪努力往肚里咽，咽入丹田里的热泪，或者可以医他们的剧创。

　　昨天他们已打电报给志玄的家人了。大家都预备着看这出惨剧，他们不曾一时一刻放下这条心，算计怎样安慰志玄的老母或老父。然而他们胆怯，仿佛不可思议的大祸要到了，他们恐怕着忧愁着预备总有一阵大雷雨出现。

　　悚惧着又过了一天，已经将近黄昏了，医院的门口有一个穿蓝布长衫的乡下老头不断的探望——那真是一个诚朴的乡下人，在他被日光蒸晒的绛色面皮上，隐隐露出无限的忧惶与胆怯，在他那饱受艰辛的眼睛里，发着闪烁的光，因为他正焦愁的预算自己的命运，万一有什么意外的事发生，那么将一生的血汗所培养的儿子一笔勾销了！唉，这比摘了他血淋淋的心肝尤觉苦痛！不明白苍天怎样安排！

　　这乡下老头在门外徘徊许久，才遇见一个看志玄病的同学，从里面出来，他这才嗫嚅着问道：

　　"请问先生，我们的孩子张志玄可是住在里面？"

　　那少年抬起头来，将那老儿上下打量了一番，由不得一阵酸楚几乎流下泪来。……心想可怜白发苍苍的老父，恐怕已不能和他爱子，作最后的谈话了，因为他方才出来的时候，志玄已经不会说话了……他极力将眼泪咽下去，然后说：

　　"是的，志玄正住在这里，先生是他的父亲吗？"老儿听见他儿子在里面，顾不得更和那青年周旋，忙忙往里奔，一壁却自言自语的道："不知怎么样了……"

　　青年领着志玄的父亲，来到病房的门口，只见同学们都垂着头默默无言的站在那里，光景已没有挽回的希望了。这数百里外来的老父，这时赶到志玄的面前，只见他已经气息奄奄，不禁一把抱住他的头，摧肝断肠的痛哭起来：志玄的魂魄已渐渐离了躯壳，这可怜的老父连他最后的一瞬都不可得，不禁又悲又愤。他惨厉的哭着，捶胸顿足的说道："玄儿我害了你，要你读什么书，挣什么功

名，结果送了你的命，还不如在家作个种地的农人，叫你母亲和我老来还有个倚靠！哎，儿呵，你母亲若知道了这个信息，她怎么受得住。哎！冤孽的儿！……"志玄的老父越哭越惨，满屋的人都禁不住呜咽。

这真是一出可怕的惨剧，但是归真的志玄他那里想得到在那风雪悲惨的时候，他苍颜白发的老父正运着他的尸壳回家。

可怜的母亲，还留着满地窖的蕃薯，等候她儿子归来，欢欣的享受。那里知道她儿子已作了血泊中的英雄，留给这一对老人的只是三寸桐棺和百叫不应的遗像罢了。

庐隐

小说精品

第二辑

憔悴梨花

  这天下午，雪屏从家里出来，就见天空彤云凝滞，金风辣栗，严森刺骨，雪霰如飞沙般扑面生寒；路上仍是车水马龙，十分热闹，因为正是新年元旦。

  他走到马路转角，就看见那座黑漆大门，白铜门迎着瑞雪闪闪生光。他轻轻敲打那门，金声铿锵，就听见里边应道："来了。"开门处，只见一个十五六岁的使女，眉长眼润，十分聪明伶俐，正是倩芳的使女小憨；她对雪屏含笑道："吴少爷里边请吧，我们姑娘正候着呢！"

  小憨让雪屏在一间精致小客厅里坐了，便去通知倩芳。雪屏细看这屋子布置得十分清雅：小圆座上摆着一只古铜色康熙碎磁的大花瓶，里面插着一枝姿若矫龙的白梅，清香幽细，沁人心脾；壁上挂着一幅水墨竹画，万竹齐天，丛篁摇掩，烟云四裹，奇趣横生。雪屏正在入神凝思，只听房门呀的开了，倩芳俏丽的影像，整个展露眼前，雪屏细细打量，只见她身上穿一件湘妃色的长袍，头上挽着一个蝴蝶髻，前额覆着短发，两靥嫩红，凤目细眉，又是英爽，又是妩媚！雪屏如饮醇醪，魂醉魄迷，对着倩芳道："你今日出台吗？……"

"怎能不出台……吃人家的饭，当然要受人家的管。"

"昨天你不是还不舒服吗？"

"谁说不是呢……我原想再歇两天，张老板再三不肯，他说广告早就登出去了，如果不上台，必要闹事……我也只得扎挣着干了。"

"那些匾对都送去挂了吗？"

"早送去了……但是我总觉得怯怯的……像我们干这种营生的，真够受了，哪一天夜里不到两三点睡觉，没白天没黑夜的不知劳到什么时候？"

"但你不应当这么想，你只想众人要在你们一歌一咏里求安慰，你们是多么伟大呢……艺术家是值得自傲的！"

"你那些话，我虽不大懂，可是我也仿佛明白；真的，我们唱到悲苦的时候，有许多人竟掉眼泪，唱到雄壮的时候，人们也都眉飞色舞，也许这就是他们所要的安慰！"

"对了！他们真是需要这些呢，你们——艺术家——替人说所要说的话，替人作所要作的事，他们怎能不觉得好呢……"

"你今天演什么戏？"雪屏问着就站了起来，预备找那桌上放着的戏单。

倩芳因递了一张给他，接着微笑道："我演《能仁寺》好不好？""妙极了，你本来就是女儿英雄，正该演这出戏。"

"得了吧！……我觉得我还是扮《白门楼》的吕布更漂亮些。"

"正是这话……听我告诉你，上次你在北京演吕布的时候，我们有一个朋友都看痴了，你就知道你的扮像了！我希望你再演一

次。"

"瞧着办吧，反正这几个戏都得挨着演呢……你今晚有空吗？你若没事，就在我这里。吃了饭，你送我到戏园里去，我难得有今天这么清闲！原因是那些人还没打探到我住在这里，不然又得麻烦呢……"

"你妈和你妹妹呢？"

"妹妹有日戏，妈妈陪她去了。"

"你妈这几年来也着实享了你的福了，她现在待你怎样？"

"还不是面子事情……若果是我的亲妈，我早就收台了，何至于还叫我挨这些苦恼。"

"你为什么总觉得不高兴？我想还是努力作下去，将来成功一个出名的女艺术家不好吗？"

"你不知道，天地间有几个像你这样看重我们，称我们作艺术家？那些老爷少爷们，还不是拿我们当粉头看……这会子年纪轻，有几分颜色，捧的人还不怕没有；再过几年，谁知道又是什么样子？况且唱戏全靠嗓子，嗓子倒了，就完了；所以我只想着有点钱，就收盘了也罢。但我妈总是贪心不足，我也得挨着……"倩芳说到这里，有些愦然了，她用帕子擦着眼泪，雪屏抚着她的肩说：

"别伤心吧，你的病还没有大好，回头又得上台，我在这坐坐，你到房里歇歇吧！"

"不！我也没有什么大病，你在这里我还开心，和你谈谈，似乎心里松得多了……想想我们这种人真可怜，一天到晚和傀儡似的在台上没笑装笑，没事装事，左不过博戏台底下人一声轻鄙的彩声！要有一点不周到，就立刻给你下不来台……更不肯替我们想想！"

"你总算熬出来了，羡慕你的人多呢，何必顾虑到这一层！"

"我也不知为什么，总觉得人们的眼光可怕，往往从他们轻鄙的眼光里，感到我们作戏的不值钱……"

……

　　壁上的时计，已指到七点，倩芳说："妈妈和妹妹就要回来了，咱们叫他们预备开饭吧！"

　　小憨儿和老李把桌子调好，外头已打得门山响，小憨开门让她们母女进来，雪屏是常来的熟人，也没什么客气，顺便说着话把饭吃完；倩芳就预备她今夜上台的行头……蓝色绸子包头，水红抹额，大红排扣紧身，青缎小靴……弹弓宝剑，一切包好，叫小憨拿着，末了又喝一杯冰糖燕窝汤，说是润嗓子的，麻烦半天直到十点半钟才同雪屏和妈妈妹妹一同上戏园子去。

　　雪屏在后台，一直看着她打扮齐整，这才到前台池子旁边定好的位子上坐了，这时台上正演汾河湾，他也没有心看，只凝神怔坐，这一夜看客真不少，满满挤了一戏园子，等到十二点钟，倩芳才出台，这时满戏园的人，都鸦雀无声的，盯视着戏台上的门帘。梆子连响三声，大红绣花软帘掀起，倩芳一个箭步窜了出来，好一个女英雄！两目凌凌放光，眉稍倒竖，樱口含嗔，全身伶俏，背上精弓斜挂，腰间宝剑横插，台下彩声如雷，音浪汹涌。倩芳正同安公子能仁寺相遇问话时，忽觉咽喉干涩，嗓音失润，再加着戏台又大，看客又多，竟使台下的人听不见她说些什么，于是观众大不满意，有的讪笑，有的叫倒好，有的高声嚷叫"听不见"，戏场内的秩序大乱，倩芳受了这不清的讽刺，眼泪几乎流了出来，脸色惨白，但是为了戏台上的规矩严厉，又不能这样下台，她含着泪强笑，耐着羞辱，按部就班将戏文作完。雪屏在底下看见她那种失意悲怒的情态，早已不忍，忙忙走到后台等她，这时倩芳刚从绣帘外进来，一见雪屏，一阵晕眩，倒在雪屏身上，她妈赶忙走过来，怒狠狠的道："这一下可好了，第一天就抹了一鼻子灰，这买卖还有什么望头……"雪屏听了这凶狠老婆子的话，不禁发恨道："你这老妈妈也太忍心，这时候你还要埋怨她，你们这般人良心都上那里去了……"她妈妈被雪屏一席话，说得敢怒不敢言，一旁咕嘟着嘴

坐着去了。这里雪屏，把倩芳唤醒，倩芳的眼泪不住流下来，雪屏十分伤心，他恨社会的惨剧，又悲倩芳的命运，拿一个柔弱女子，和这没有同情，不尊重女性的社会周旋，怎能不憔悴飘零？！……

雪屏一壁想着，一壁将倩芳扶在一张藤椅上。这时张老板走了进来，皱着眉头哼了一声道："这是怎么说，头一天就闹了个大拆台……我想你明天就告病假吧，反正这样子是演不下去了！"张老板说到这里，满脸露着懊丧的神色，恨不得把倩芳订定的合同，立刻取消了才好，一肚子都是利害的打算，更说不到同情。雪屏看了又是生气，又是替倩芳难受；倩芳眼角凝泪，?然无语的倚在藤椅上，后来她妈赌气走了，还是雪屏把倩芳送回家去。

第二天早晨，北风呼呼的吹打，雪花依然在空中飘洒，雪屏站在书房的窗前，看着雪压风欺的棠梨，满枝缟素，心里觉得怅惘，想到倩芳，由不得"哎"的叹了一声，心想不去看她吧，实在过不去，看她吧，她妈那个脸子又太难看，怔了半天，匆匆拿着外套戴上帽子出去了。

倩芳昨夜从雪屏走后，她妈又嘟囔她大半夜，她又气又急！哭到天亮，觉得头里暴痛，心口发喘。她妈早饭后又带着她妹妹到戏园子去了，家里只剩下小憨儿和打杂的毛二，倩芳独自睡在床上，想到自己的身世；举目无亲，千辛万苦，熬到今天，想不到又碰了一个大钉子；以后的日子怎么过！那些少年郎爱慕自己的颜色虽多，但没有一个是把自己当正经人待……只有雪屏看得起自己，但他又从来没露过口声，又知道是怎么回事……倩芳想到这里，觉得前后都是茫茫荡荡的河海，没有去路，禁不住掉下泪来。

雪屏同着小憨儿走进来，倩芳正在拭泪，雪屏见了，不禁长叹道："倩芳！你自己要看开点，不要因为一点挫折，便埋没了你的天才！"

"什么天才吧！恐怕除了你，没有说我是天才！像我们这种人，公子哥儿高兴时捧捧场，不高兴时也由着他们摧残，还有我们立脚的地方吗！……"

"正是这话！但是倩芳，我自认识你以后，我总觉得你是个特别的天才，可惜社会上没人能欣赏，我常常为你不平，可是也没法子转移他们那种卑陋的心理；这自然是社会一般人的眼光浅薄，我们应当想法子改正他们的毛病。倩芳！我相信你是一个风尘中的巾帼英雄！你应当努力，和这罪恶的社会奋斗！"

倩芳听了雪屏的话，怔怔的望着半天，她才叹气道："雪屏！我总算值得了，还有你看得起我，但我怕对不起你，我实在怯弱，你知道吧！我们这院子东边的一株梨花，春天开得十分茂盛，忽然有一天夜里来了一阵暴风雨，打得满树花朵零乱飘落，第二天早起，我到那里一看，简直枝垂花败，再也抬不起头来……唉！雪屏！我的命运，恐怕也是如此吧？"雪屏听了这话，细细看了倩芳一眼，由不得低声吟道："憔悴梨花风雨后。……"

风欺雪虐

正是天容凝墨，雪花飞舞的那一天，我独自迎着北风，凭着曲栏，悄然默立，遥遥望见小阜后的寒梅，仿佛裹剑拥矢的英雄，抖擞精神，咧兀自喜。

烈烈的飘风，如怒狮般狂吼着，梨花片似的雪，不住往空虚的宇宙里飞洒，好像要使一切的空虚充实了，所有的污迹遮掩了。但是那正在孕蕊的寒梅，经不起风欺雪虐，它竟奄然睡倒在茅亭旁，雪掩埋了它，全成了它艳骨冰姿的身分。

"风雪无情，捣碎了梅花璀璨的前程！"我正为它低唱挽歌，忽见晓中进来，他披着极厚的大衣，帽子上尚有未曾融化的雪片。但是他仿佛一切都不理会似的，怔怔立在炉旁说："不冷吗！请你掩上窗子，我报告一件不幸的消息。"

"什么！……不幸的消息？"我怯弱的心悚栗了，我最怕听恶消息，因为我原是逃阵的败兵呵。

晓中慢慢脱了外套，挂上衣架，将帽子放近火炉旁烘烤，然后他长叹了一声道："你知道梅痕走了？她抛弃一切悄悄的走了！"

"哈，奇怪，她为什么走了，……她又往那里走？"

"她吗？……哎！因为环境的压迫走了，……她现在也许已死在枪林弹雨中了……真是不幸！"

"你这话怎么讲？她难道作革命去了吗？……我实在怀疑，她为什么忽然变了她的信仰？"

"是呵！她原来最反对战争的，而且她最反对同室操戈的，为什么她现在竟决然加入战争的漩涡里？"

"这话也难说，一个人在一种不能屈伸的环境下，只有两条路可走，一条路是消极的叫命运宰割，一条就是努力自造运命。她原不是弱者，她自然要想自造运命，……从前她虽反对战争，现在自然难说了。"

"那末文徽也肯让她走吗？"

"噫！你怎么消息如此沉滞？你难道不知道文徽已和她解除婚约吗？她走恐怕最大的原因还在此呢。"

"天下的事情真是变得太厉害了，几个月前才听说他们定婚，现在竟然解除婚约，比作梦还要不可捉摸，……文徽为什么？"

"就是为了梅痕的朋友兰影。"

"哦！文徽又看上她了！这个年头的事情，真太滑稽了，什么事都失了准则！爱情更是游戏！"

"所以怎么怪得梅痕走……而且从她父母死后，她的家园又被兵匪捣毁得成了荒墟，她像是塞外的孤雁，无家可归。明明是这样可怕的局面，如何还能高唱升平？……她终于革命去了！"

"她走后有信来吗？"

"是的，我正要把她的信给你看。"

晓中从他衣袋中拿出梅痕的信来，他就念给我听：

"晓中：

我走的突兀吗？但是你只要替我想一想，把我的命运推算一推算，那么我走是很自然的结果。

我仿佛是皎月旁的微星，我失了生命的光，因为四境的压迫，我不久将有陨坠于荒山绝岳的可能，我真好比是湮海冥窈中的沙鸥！虽然我也很明白，我纵死了，世界上并没有缺少什么。我活着，也差不多等于离魂的躯壳，我没有意志的自由，……因为四围都是密网牢羁，我失了回旋的余地。

我从风雪中逃到此地，好像有些生意了。

前夜仿佛听见春神在振翼，她诏示我说：'青年的失败者，你还是个青年，当与春神同努力！你不应使你残余的心焰，受了死的判决，你应当如再来的春天，只觉得更热烈更光辉；你既受过压迫，你当为你自己和别人打破压迫，你当以你的眼泪，为一切的同病者洗刷罪孽和痛苦。'

晓中！你知道吗？在这世界上，没有真的怜悯与同情。我日来看见许多使我惊心的事情；我发现弱小者，永远只是为人所驱使，所宰割。前天我在公事房里，看见一封信，是某国的军官，给他侄子洛克夫的，他不知怎么忘记丢在抽屉里，那里边有几句话说：'我们不要吝惜金钱，我们要完成我们帮助弱者的胜利，我们应当用我们的诱引的策略，纵使惊人的破费，也应当忍耐着，如果我们得到最后的胜利，那末我们便可以控制整个的地球了。'……这不是很真确的事实吗？那末世界绝不是浑圆一体的，是有人我的分别的呵！

晓中！我不愿意无声无色，受运命的宰割，所以我决然离开你们，来到这里，但是这也不是我的驻足地，因为这些人都只是傀儡，我如果与他们合作，至少要先湮灭了我闪烁的灵焰。

世界这时好像永远在可怕的夜里，四面的枪声和狼吼般，使黑夜中的旅人惊怖。晓中！我正是旅人中的一个！那里有光明的路？那里有收拾残局聪明的英雄？……我到如今不曾发现，所以我只在

可怕的夜幕中，徘徊彷徨，……也许我终要死在这里！

我近来也会运用手枪了，但是除了打死一只弱小的白兔外，我不曾看见我的枪使第二个生物流血。……血鲜红得实在可爱，比罂粟还可爱，玫瑰简直比浸渍在那热烈迷醉的鲜红的血泊中。明天早晨我决定离开这里，我不愿听这没有牺牲代价的枪声，虽然夜依然死寂得可怕！……我要将我的心幕，用尖利的解腕刀挑开，让那灵的火焰，照耀我的前程。……不过，晓中！不见得就找到新的境地，也许就这样湮灭了，仿佛沉尸海底，让怒涛骇浪扑碎了，可是总比消极受命运的宰割，要光彩热闹得多。

一路上都是枪弹焚炙的死骸，我从那里走过，虽然心差不多震悚得几乎碎了；可是只有这一条路，从这险恶的战地逃出。……但这是明天的事，也许在这飞弹下完结了，也说不定。

今夜我虔诚的祈祷，万一他们能够觉悟，他们的环境是错误的，那么我明天的旅行，至少是寂寞的，……但是现在差不多天将亮了，他们迷梦犹酣，除了残月照着我的瘦影，没有第二个同命的侣伴。

唉！晓中！……悚栗战兢……可怜我愁煎的心怀，竟没有地方安排了！"

我听晓中读完了梅痕的信，仿佛魔鬼已在暗中狞笑，并且告诉我说："你看见小阜上的梅花吗？……""呵！是了！梅痕一定完了！她奋斗的精神，正和峻峭的梅花一样，但是怎禁得住风欺雪虐呢？她终究悄悄的掩埋在一切压迫之下了。"晓中听了我的推断，只怔怔的对着那穷阴凝闭的天空嘘气。

但是一切都在冷森下低默着，谁知道梅痕的运命究竟如何呢？……

乞丐

太阳正晒在破庙的西墙角上，那是一座城隍庙。城隍的法身，本是金冠红袍，现在都剥落了。琉璃球的眼睛也只剩下一个，左边的眼窝成了一个深黑穴孔，两边的判官有的折了足，有的少了头。大殿的门墙都破得东歪西倒，只有右边厢房，还有屋顶，墙也比较完整。那是西城一带乞儿的旅馆，地下纵横铺着稻草。每到黄昏以后，乞儿们陆续的提着破铁罐，拿着打狗棒，抖抖索索的归来了。

西南角的草铺上，睡着一个三十多岁的男乞，从破铁罐里掏出两块贴饼子，大口的嚼着，芝麻的香气，充溢了这间厢房。

"老槐，你今天要了多少钱？……"睡在他对面的乞儿含笑的问。

他咽下满口的火烧，然后咂了咂嘴笑道："嘿！老马！够兴头的，今天又是三十多吊！……你呢？"

"我吗？也对付！差两大子三十吊！"老马说完也得意的笑

了，从袋里拿出两个窝窝头，和一块咸菜吃着，黄色玉米面的渣子落了一身。他慢慢拾起来放在嘴里，又就着铁罐子喝了两口水，打了个哈欠，对老槐道：

"喂！老槐！这营生你干了几年了？"

"几年？我算算看。"老槐凝神用手指头点了点道："整整四年咧！"老槐说完又叹了一口气道："别看干这个，虽说不体面，可是我老娘的棺材木却有着落了。去年我寄回老家整整五百块钱，我叫我爹置上十来亩地，买两个牲口，我瞎妈和老爹也就有得过了。"

"真是的，这比做小买卖，还强呢，你别看站岗的老龙穿着像是个样，……骨子里可吃了苦头了！昨日我听说他们又两个月没发饷啦！老龙急得没法儿……"老马感叹着说。

"可不是吗？……这个年头的事真没法说，你猜我怎么走上这条道……这几年我们老家不是闹水灾就是闹兵荒，……我们原是庄稼人，我和我爹种着五亩地，我妈我们三口儿也够吃的了。谁想那一年春夏之交发了大水，把一尺来高的麦子全都淹了！我们爷们儿没的过了，我妈天天哭，把双眼睛也哭瞎了，我爹又害病，我到处挪借，到底不是长法子。后来我爹想起我表兄在京里开杂货店，叫我奔了他找个小事作。于是又东拼西凑的弄了几块钱，作盘缠来到京里。唉！真倒运，找了三天，全城都找遍了，也没找着我表兄。摸摸兜里一个钱也没了，肚子又饿上来，晚上连住的地方也没有，我就蹲在一家墙角里过了一夜，幸好还是七月初的天气不冷，不然又冻又饿，还不要命？……天刚刚发亮，我就在马路上发怔，越想越没法儿，由不得痛哭。后来过来一个扫街的老头儿，他瞧着哭得怪伤心的，就走拢来问我怎么了。我就把我的苦处一五一十对他说了。……喂！老马！那老头儿倒好心眼，他说：'那么着吧！你就随我到区里去，我荐你作个扫街的吧。'我想了想，也实在没别的法子，就答应跟他去。到区里说妥了一天一毛钱，——这几天吃

两顿窝窝头也就凑合吧！从第二天起，我每天早晨，天刚亮就到东大街扫街，晚半天还得往街上洒水。按说这种生活不能算劳苦，可是这会子东西真贵，一毛钱简直吃不饱。挨了两个月以后，谁想到区里又欠薪，连一天一毛钱，也不能按时拿到，这我可急了。有一天我只吃了一碗豆汁，那肚子饿得真受不了……我站在街角上，看见来往的车马如飞的驰过，那车影渐渐模糊起来，屋子像要倒塌似的，眼前金星乱飞，我不知什么时候竟饿死过去了。后来我不知怎么又活过来，四围站了许多人，一个警察站在旁边，皱着眉向那些看热闹的人道：'哪个是积德的！多少周济点吧！'于是就听见铜子敲在石头上叮叮哨哨的响。一个卖豆汁的给我一碗豆汁，我就吃下去，以后精神好多了，扎挣着站了起来，向那人道了谢。我就拿着五吊多钱到小店里吃了一顿。口袋里又只剩下一吊来钱了，看看天又快黑下来，我想着这神气是再不能过了，厚着脸皮要饭去吧。第一天我就躲在小胡同里，看见穿得整齐的先生们太太们走过时，慢慢踱到他们跟前：'可怜吧！赏一大花！'有的竟肯给，可是有的人理也不理的扬着脸走开，有的还瞪着眼骂'讨厌！……'可是老马！咱们也只能忍着，谁叫咱们命运不济呢！……"

"哼！老槐！什么命运不济的，只恨我们没能力，没胆量。你不用说别的，张老虎从前不也跟咱们似的，这会子人家竟置地买屋子阔着呢！"老槐听见老马这话，由不得叹了一口气道："罢呀！张老虎虽是阔了，那孽也就造得不小，他把人家马寡妇的家当抢了来，听说他还把人家十七岁的姑娘给祸害了，这是什么德行！？……阔也是二五事，不定那一天犯了事，叫他吃不了，兜着走……那样还不如咱们穷得舒心！"

"得了，老槐！咱们别谈论别人，你再接着说你的！"老马仰着身子睡在草铺上，对老槐说。

老槐果然又接着说下去道："头一个月我也不知道我要了多少，反正除了我吃的还剩下四块钱，我赶忙托了个乡亲，带回家里

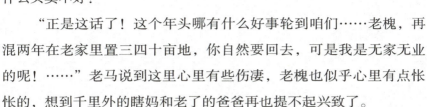

去了。第二个月我要的更多了，而且脸皮也厚，大街上公馆门口都去……这会子每月好的时候，除了吃还能富裕二十多块钱呢，比干什么买卖不好！"

"正是这话了！这个年头哪有什么好事轮到咱们……老槐，再混两年在老家里置三四十亩地，你自然要回去，可是我是无家无业的呢！……"老马说到这里心里有些伤凄，老槐也似乎心里有点怅怅的，想到千里外的瞎妈和老了的爸爸再也提不起兴致了。

夜幕沉沉的垂于宇宙，这破庙里，只有星月的清光，永不见人间的灯火。这些被人间遗弃的乞儿，都渐渐进了睡乡，老槐和老马也都抱着凄怆的心情睡去了。

前　途

　　清晨的阳光，射在那株老梅树上时，一些疏条的淡影，正映在白纱的窗帷上，茜芳两眼注视着被微风掀动的花影出神。一只黑底白花的肥猫，服贴的睡在她的脚边。四境都浸在幽默的氛围中，而茜芳的内心正澎湃着汹涌的血潮，她十分不安定的在期待一个秘密的情人，但日影已悄悄斜过墙角了，而那位风貌蕴藉的少年还没有消息。她微微的移转头来，不禁打了一个冷战，"唉，倒霉鬼！"她恨恨的向地上唾了一口，同时站起来，把那书架上所摆着的一张照片往屉子里一塞，但当她将关上屉子的时候，似乎看见照片中她丈夫的眼睛，正冒火的瞪视她。

　　茜芳脸色有些泛白，悄然的长叹一声，拼命的把屉子一推，回身倒在一张长沙发上，渐渐的她沉入幻梦似的回忆中：——三年前，在一个学校的寄宿舍里——正当暮春天气，黄昏的时候，同学们都下了课，在充满了花香的草坪上，暖风悄悄的掀起人们轻绸的夹衣，漾起层层的波浪在软媚的斜阳中。而人们的心海也一样的被春风吹皱了。同学们三五成群的，在读着一些使人沉醉的恋情绮语。

茜芳那时也同几个知己的女友躲在盛开的海棠荫里，谈讲她美丽的幻想。当然她是一个美貌的摩登女儿，她心目中的可意郎君，至少也应有玉树临风的姿态——在许多的男同学中，她已看上了三个——一个是文科一年级的骆文，一个是法科二年级的王友松，还有一个是理科二年级的李志敏。这三个都是年轻貌美的摩登青年，都有雀屏入选的资格。其中尤以李志敏更使茜芳倾心，他不但有一张傅粉何郎的脸，而且还是多才多艺的宋玉。跳舞场上和一切的交际所在不断他的踪影，时常看见他同茜芳联翩的情影，同出同进。不过茜芳应付的手段十分高明，她虽爱李志敏，同时也爱骆文和王友松，而且她能使他们三人间个个都只觉得自己是茜芳唯一的心上人，但是他们三个人经济能力都非常薄弱。这是使茜不能决然委身的原因。

"怎么都是一些穷光蛋呀。"茜芳时时发出这样的叹息。

这一天，茜芳正同李志敏由跳舞场回来，忽然看见书案上放着一封家信，正是她哥哥给她的。这封信专为替她介绍一位异性的朋友叫申禾的。她擎着信笺，只见那几行神秘的黑字都变了一些小鬼，在向她折腰旋舞——他是一个留学生，而且家里也很有几个钱——茜芳将这些会跳舞的神秘字到底捉住了，而且深深的钻进心坎里去。留学生的头衔很可以在国内耀武扬威，有钱——呀！有钱那就好了！我现在正需要一个有钱的朋友呢，……嫁了这样一个金龟婿，也不枉我茜芳这一生了。她悄悄的笑着，傲耀着，桃色的前途，使她好像吃醉酒昏昏沉沉的倒在床上，织了许多美丽的幻想。

从此以后，她和申禾先生殷勤的通信，把一腔火热的情怀，织成绮丽的文字投向太平洋彼岸去。而那三个眼前的情人呢，她依然宝贝似的爱护着。同学们有些好管闲事的人，便把她的行为，作为谈论的资料。有些尽为她担着忧，而她是那样骄傲的看着她们冷笑。

"这算什么？多抓住几个男人，难道会吃亏吗？……活该倒霉，你们这一群傻瓜！"

每一次由美国开到的船上，必有申禾两三封又厚又重的情书递到茜芳的手里。最近的一封信是报告他已得了硕士的学位，五六月间就可以回国了，并希望那时能快乐的聚首。茜芳擎了这封信，跑到草坪上，和几个同学高兴的说道："我想他一回来就要履行婚约的。"

"一定别忘了请我们吃喜酒！"一个女朋友含笑说。

"当然，"她说，"不过不知道他究竟是怎么样的一个人？"

"多怪呀！你这个人，婚都定了，还在怀疑。"

"……管他呢，留学生，有钱，也就够了……"茜芳说着，从草坪上跳了起来，拈着一朵海棠花，笑嘻嘻的跑了。

那一丛茂盛的海棠花，现在变成一簇簇的海棠果了。茜芳独自站在树荫下，手攀着一根枝条，望着头顶的青天出神。"算归期就在这一两天呀！"她低声自语着。

六月十二日的清晨，茜芳穿了一件新做好的妃红色的乔其纱的旗袍，头发卷成波浪式，满面笑容的走出学校门口，迎头正碰到王友松走来。

"早呵，茜芳，我正想约你到公园去玩玩，多巧！……假使你也正是来找我那更妙了，怎么样，我们一同去吧？"

茜芳倩然的媚笑了一下，道："友松，今天可有点对不起你，我因为要去看一看刚从美国回来的朋友，所以不能奉陪了！"

"哦，……那末下次再说吧！"友松怅然的说了。

"对了，下次再说吧！"茜芳一面挥着手说，一面已走出学校门跳上一部黄包车。那车夫也好像荣任大元帅般威风凛凛，得意扬扬如飞的奔向前去。不久便到了"福禄寿"的门口。茜芳下车走进去，只见那广大的食堂里，冷清清的没有一个客人，只有几个穿制

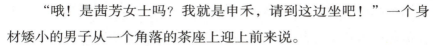

服的茶役在那里低声的闲谈着。茜芳向一个茶房问道："有一位申先生来了吗？"

"哦！是茜芳女士吗？我就是申禾，请到这边坐吧！"一个身材矮小的男子从一个角落的茶座上迎上前来说。

茜芳怔怔的站在那里，心想"原来这就是申禾呵！"她觉得头顶上好像压了千钧重的大石帽，心里似乎塞了一堆棉絮。"这样一个萎琐的男人，他竟会是我的未婚夫？一个留学生？很有钱？"她心里窃疑着。可是事实立刻明显的摆在她面前，她明明是同他定了婚，耀眼的金钻戒还在手上发着光，硕士的文凭也在她的面前摆着，至于说钱呢，这一年来他曾从美国寄给她三千块钱零用。唉，真见鬼，为什么他不是李志敏呢？

申禾自从见了茜芳的面，一颗热烈的心，几乎从腔子里跃了出来，连忙走过来握住茜芳的手，亲切的望着她。但是茜芳用力的把手抽了回来，低头不语，神情非常冷淡。申禾连忙缩回手，红着脸，抖颤着问道："茜芳，你有什么不舒服吗？……也许是因为天气太热，你吃点冰汽水吧？"

"不，我什么都不想吃，对不起，我想是受了暑，还是回学校去妥当些。"

"那末，我去喊一部车子来送你去吧。"

"也好吧！"

茜芳依然一言不发的坐着等车子，申禾搓着手不时偷眼望着她。不久车子来了，申禾战兢兢的扶着她上了车，自己便坐在茜芳的身旁，但是茜芳连忙把身体往车角里退缩，把眼光投向马路上去。他们互相沉默了一些时候，车子已开到学校门口。这时茜芳跑下车子，如一只飞鸟般，随着一阵香风去了。申禾怅然痴立，直到望不见她的背影时，才嘘了一口气回到旅馆里去。

茜芳跑到寝室里，倒在床上便呜呜的哭起来，使得邻近房里的同学，都惊奇的围了来，几道怀疑的眼光齐向她身上投射。茜芳哭

了一阵后，愤然的逃出了众人的包围，向栉沐室去。那些同学们摸不着头脑，渐渐也就无趣的散了。茜芳从栉沐室出来时，已收拾得满脸香艳。从新又换了一件白绸长袍，去找李志敏。但是不巧，李志敏已经出去了，只有王友松在那里。他们便漫步的走向学校外的草坪上去。

"今天天气不坏！"王友松两眼看着莹洁的云天说。

"对了，我们到曹家渡走走，吸些乡村的空气，好吧？……我似乎要气闷死了！"

友松回过头来，注视着茜芳的脸说道："你今天的脸色太不平常了！"

"你倒是猜着了，"她说，"不过我不能向你公开！……"

友松默然的望着茜芳，很久才说道："……我永远替你祝福！"

"呸，有什么福可祝，简直是见鬼！"茜芳愤愤的叹着。

他们来到一架正在盛开的豆花前，一群蛱蝶，不住绕着茜芳的头脸飞翔，茜芳挥着手帕骂道："不知趣的东西，来缠什么呵！"

友松听了这话似乎有些刺耳，禁不住一阵血潮涌上两颊，低着头伴她一步步的前去。

日落了，郊外的树林梢头，罩了一层氤氲的薄雾，他们便掉转头回学校去。在路上茜芳不时向天空呼气！

一个星期过去，茜芳的哥哥从镇江来看她，并且替她择定了婚期，她默默不语的接受了。

在结婚的喜筵散后，新郎兴高彩烈的回到屋里，只见新娘坐在沙发角上，用手帕儿擦着眼泪。

"茜芳！你为什么伤心，难道对我有什么不满意吗？在这一生我愿作你忠实的仆从，只要你快乐！……"

"唉，不用说那些吧！我只恨从前不应当接受你的爱，——更不应当受你的帮助，现在我是为了已往的一切，卖了我的身体；但是我的灵魂，却不愿卖掉。你假使能允许我以后自由交朋友，我们姑且作个傀儡夫妻，不然的话，我今天就走。……"

"交朋友……"申禾踌躇了一下，便决然毅然的答道："好吧！我答应你！"

茜芳就在这种离奇的局面下，解决了所有心的纠纷！在结婚后的三年中，她果然很自由的交着朋友，伴着情人，——这种背了丈夫约会情人的勾当，在她已经习惯成自然了。她这时不禁傲然的笑了一笑，忽然镜子里出现一个美貌丰姿的青年男人，她转过头来，娇痴痴的说："怎么这样迟？"

"不是，我怕你的丈夫还不曾出去。"

"那要什么紧？"

"茜！你为什么不能同他离婚？"

"别忙，等有了三千块钱再说吧！并且暂时利用利用他也不坏！"

"哦！你为什么都要抓住，要钱要爱情，……一点都不肯牺牲！"

"我为什么要牺牲？女人除了凭借青春，抓住享乐，还有什么伟大的前途吗？"

"好奇怪的哲学！"

"你真是少见多怪，"她冷笑着说，"我们不要讲这些煞风景的话吧！你陪我出去吃午饭，昨天他领了薪水，我们今天有得开心了。"

"哦。"男人脸上陡然涌起一阵红潮，一种小小的低声从他心底响起道："女人是一条毒蛇，柔媚阴险！"他被这种想象所困恼了，眼前所偎倚着千娇百媚的情人，现在幻成了一只庞大的蛇，口里吐出两根蜿蜒的毒丝，向他扑过来。他禁不住打了个冷战，向后退了几步，但是当她伸出手臂来抱他的时候，一切又都如常了。

他俩联翩的在马路上走着，各人憬憧着那不可知的前途。

狂风里

"你为什么每次见我，都是不高兴呢？……既然这样不如……"

"不如怎样？……大约你近来有点讨厌我吧！"

"哼！……何苦来！"她没有再往下说，眼圈有点发红，她掉过脸看着窗外的秃柳条儿，在狂风里左右摆动，那黄色的飞沙打在玻璃上，发出沙沙的声音，凌碧小姐和她的朋友钟文只是沉默着，屋内屋外的空气都特别的紧张。

这是一间很精致的小卧房，正是凌碧小姐的香闺，随便的朋友是很不容易进来的，只有钟文来的时候，他可以得特别的优遇，坐在这温馨香闺中谈话，因此一般朋友有的羡慕钟文，有的忌恨他，最后他们起了猜疑，用他们最丰富的想像力，捏造许多关于他俩的恋爱事迹！在远道的朋友，听了这个消息，尽有写信来贺喜的，凌碧也曾知道这些谣言，但她并不觉得怎样刺心或是暗暗欢喜，她很冷静的对付这些谣言。

　　凌碧小姐是一个富于神经质，忧郁性的女子，但是她和一般朋友交际的时候她很浪漫，她喜欢和任何男人女人笑谑，她的词锋常常可以压倒一屋子的人，使人们感觉得她有点辣，朋友们给她起了一个绰号叫辣子鸡——她可以使人辣得流泪，同时又使人觉得颇可亲近。

　　但是在一次，她赴朋友的宴会，她喝了不少的酒，她醉了，钟文雇了汽车送她回来，她流着泪对他诉说她掩饰的苦痛，她说："朋友！你们只看见我笑，只看见我疯，你们也曾知道，我是常常流泪的吗？哎！我对什么都是游戏，……爱情更是游戏，……"

　　她越说越伤心，她竟呜咽的哭起来！

　　钟文是第一次接近女人，第一次看见和他没有关系的女人哭；他感到一种新趣味，他不知不觉挨近她坐着，从衣袋里掏出自己的手巾替她擦着眼泪，忽然一股兰麝的香气，冲进他的鼻观。他觉得心神有些摇摇无主，他更向她挨近，她懒慵慵的靠在汽车角落里，这时车走到一个胡同里，那街道高低不平，车颠簸得很厉害，把她从那角落里颠出来，她软得抬不起的头就枕在他的身上了。他伸出右臂来，轻轻的将她揽着，一股温香，从她的衣领那里透出来；他的心跳得更厉害了，悄悄的吻着她的头发，路旁的电灯如疏星般闪烁着，他竟恍惚如梦。但是不久车已停了，车夫开了车门，一股冰冷的寒气吹过来，凌碧小姐如同梦中醒来，看看自己睡在钟文的臂上，觉得太忘情，心里一阵狂跳，脸上觉得热烘烘的，只好装醉，歪歪斜斜的向里走；钟文怕她摔倒，连忙过来扶着她，一直送她到这所精致的卧房，才说了一声"再会！"然后含着甜蜜的迷醉走了。自从这一天以后，钟文便常常来找凌碧，并且是在这所精致卧房里会聚。

　　这一天下午的时候，天色忽然阴沉起来，不久就听到窗棂上的纸弗弗发发的响，院子里的枯树枝，也发出瑟瑟的悲声。凌碧小姐独自在房里闲坐，忽见钟文冒着狂风跑了进来，凌碧站起来笑道：

"怪道刮这么大的西北风，原来是要把你刮了来！"

钟文淡漠的笑了一笑，一声不响的坐在靠炉子的椅上。好像有满怀心事般。凌碧小姐很觉得奇怪，曾经几次为这事，两人几乎闹翻了脸！

他们沉默了好久，凌碧小姐才叹了一口气道："朋友是为了彼此安慰，才需要的，若果见面总是这么愁眉不展的，有什么意思呢？……与其这样还不如独自沉默着好！"

钟文抬头看了凌碧一眼，哎了一声道："叫我也真没话说，……自然我是抓不住你的心的。"

凌碧小姐听了这话，似乎受了什么感触，她觉得自己曾无心中作错了一件事，不应该向初次和女人接触的青年男人，讲到恋爱；因为她自己很清楚，她是不能很郑重的爱一个男人，她觉得爱情这个神秘的玩意，越玩得神秘越有劲——可是一个纯洁的青年男人，他是不懂得这秘密的，他爱上了一个女人，他就要使这个女人成为他的禁脔，不用说不许别人动一下，连看一眼，也是对他的精神有了大伤害的。老实说钟文是死心蹋地的爱凌碧，凌碧也瞧着钟文很可爱，只可惜他俩的见解不同，因此在他们中间，常常有一层阴翳，使得他俩不见面时，却想见面，见了面却往往不欢而散。

今天他俩之间又有些不调协，凌碧小姐一时觉得自己对于钟文简直是一个罪人，把他的美满的爱情梦点破了，使他苦闷消沉，一时她又觉得钟文太跋扈了，使她失却许多自由，又觉得自己太不值。因此气愤愤的责备钟文。但是钟文一说到"她不爱他了，"她又觉得伤心！

凌碧小姐含着眼泪说道："你怎么到现在还不了解我呢？……我就是这么一个奇怪的女人，我并非不需要爱，但我不是时时刻刻都需要它，我最喜欢有淡雾的早晨，我隔着淡雾看朝阳，我隔着淡雾看美丽的荼蘼花，在那时我整个的心，都充满着欢喜，我的精神是异常的活跃。唉！钟文这话我不只说过一次，为什么你总不相信我呵！"

钟文依然现着很忧疑的样子，对于凌碧小姐的话似解似不解，——其实呢，他是似信似不信，他总觉得凌碧小姐另外还爱着别的男人。

其实凌碧小姐除钟文以外虽然还爱过许多男人，玩弄过许多男人，但是自从认识钟文以后，她倒是只爱他呢，不过钟文是第一次尝到爱，自然滋味特别浓，也特别认真；而凌碧小姐，因为从爱中认识了许多虚伪和其他的滑稽事迹，她对于神圣的爱存了玩视的心，她总不肯钻在自己织就的情网里，但是事实也不尽然，她有时比什么人都迷醉，不过她的迷醉比别人醒得快而剪绝，她竟能有放下屠刀立地成佛的本领。

钟文永远为抓不住她心而烦恼！这时他听了凌碧小姐似可信似不可信的话，他有点支不住了，他低下头，悄悄的用手帕拭泪。凌碧小姐望着他叹了一口气，彼此又都沉默了。

窗外的风好像飞马奔腾，好像惊涛骇浪，天色变成昏黄，口鼻间时时嗅到土味，吃到灰尘；凌碧小姐走到窗前，将窗幔放下来，屋子里立刻昏暗，对面不见人，后来开了电灯，钟文的眼睛有点发红，凌碧小姐不由得走近身旁，抚着他的肩说道：

"不要难过吧！……我永远爱你！"

钟文似乎不相信，摇头说道："你不用骗我吧！……但是我相信我永远爱你！"

"哦！钟文！你这话才是骗我的！……我瞧你近来真变了，你从前比现在待我好的多，因为从前总没有见你和我生过气——现在不然了，你总是像不高兴我。"凌碧小姐一面似笑非笑的瞧着他，钟文"咳！"了一声也由不得笑了，紧紧的握住凌碧小姐的手说道："你真够利害的！"

"我！我就算利害了？……你真是个小雏儿，你还没遇见那利害的女人呢！"凌碧小姐回答说。

"自然！我是比较少接近女人，不过对于女人那种操纵人的手段，我也算领教了！"钟文说着，不住对凌碧小姐挤眼笑，凌碧小姐忽然变了面容，一种忧疑悲愤的表情，使得钟文震惊了。他不知不觉松了手，怔怔的望着凌碧发呆。停了些时，凌碧小姐深深的叹了一口气道："钟文……我在你心目中，不知还是个什么狐狸精，或是魔鬼吧！"

钟文知道自己把话说错了，真不知怎样才好！急得脸色发青，在屋里踱来踱去。

凌碧小姐也触动心事，想着人生真没多大意思，谁对谁也不能以真心相见；整天口袋中藏着各种面具，时刻变换着敷衍对付。觉得自己这样掩饰挣扎，茫茫大地就没有一个人了解，真是太伤惨了！她想到这里也由不得悄悄落泪。

这时狂风已渐渐住了，钟文拿起帽子，一声不响的走了。

凌碧小姐望着他的后影，点头叹道："又是不欢而散！"

一个女教员

在张家村里，前三年来了一个女教员。她端婉的面目，细长的身材，和说话清脆的声调，早把全村子里的人们哄动了。李老大和牛老三都把他们的孩子，从别的村子里，送到这儿来念书。

这所村学正是在张家村西南角上，张家的祠堂里。这祠堂的外面，有一块空地，从前女教员没来的时候，永远是满长着些杂草野菜，村里的孩子们，常到这里来放牛喂羊；现在呢，几排篱笆上满攀着五色灿烂的牵牛花，紫藤架下，新近又放了一个石儿，几张石鼓，黄昏的斜阳里，常常看见一个白衣女郎，和几个天真的孩子在那里讲故事。

在几个孩子中间，有一个比较最小的，她是张家村村头张敬笃的女儿，生得像苹果般的小脸，玫瑰色的双颊，和明星般的一双聪明流俐的小眼，这时正微笑着，倚在女教员的怀里，用小手摩挲着女教员的手说："老师！前天讲的那红帽子小女儿的故事，今天再

讲下去吗？"

女教员抚着她的脸，微微地笑道："哦！小美儿，那个红帽子的小女儿是怎么样一个孩子？……""哈，老师！姐妹告诉我，她是一个顶可爱的女孩儿呢……所以她祖母给她作一顶红帽子戴……老师！对不对？"

别的孩子都凑拢来说："老师！对不对？"女教员笑答道："美儿！……可爱的孩子们，这话对了！你们也愿意，使妈妈给你们作一顶红帽子戴吗？"

小美儿听了这话，想了一想，说："老师！明天见吧！……我回去请妈妈替我作帽子去。"小美儿从女教员的怀里跑走了，女教员目送着她，披满两肩的黑发的后影，一跳一窜，向那东边一带瓦房里去了。

其余几个孩子也和女教员道了晚安，各自回去了。女教员见孩子们都走了，独自一个站在紫藤花架下，静静地领略那藤花清微的香气。这时孩子们还在那条溪边，看渔父打鱼，但是微弱的斜阳余辉，不一时便沉到水平线以下去，大地上立刻罩上了一层灰暗色的薄暮，女教员不禁叹道："紫藤花下立尽黄昏了！"便抖掉飞散身上的紫藤花瓣，慢慢地踏着苍茫暮色，披着满天星斗，回到房里去。

一盏油灯，吐出光焰来，把夜的昏暗变成光明，女教员独坐灯下，把那本卢骚作的教育小说《爱米尔》翻开看了几页，觉得自己现在所处的环境，正是卢骚所说天然的园子，那个小美儿和爱米尔不是一样的天真聪明吗？……

她正想到这里，耳旁忽听一阵风过，窗前的竹叶儿便刷刷价发起响来，无来由的悲凉情绪，蓦地涌上心头，更加着那多事的月儿，偏要从窗隙里，去窥看她，惹得她万念奔集，……想起当年离家状况，不禁还要心酸！而岁月又好像石火流光，看看已是三年了！慈母倚闾……妹妹盼望……这无限的思家情绪……她禁不住流下泪来！

夜深了！村子西边的萧寺里，木鱼儿响了几数遍，她还在轻轻地读她母亲的信！

　　"敏儿：一去三年，还不见你回来，怎不使我盼望！……去年你二哥二嫂到天津去，家里更是寂寞了！我原想叫你就回来，但是为了那些孩子们的前途，我又不愿意你回来，好在你妹妹现在已经毕业了，她可安慰我，你还是不用回来吧！

　　你在外头不要大意了，也不要忘了'努力'，你自己的抱负固然不小，但我所希望于你的，更大呢！敏儿！你缺少甚么东西，写信回来好了！

　　　　　　　　　　　　　　　你的母亲写"

她知道母亲的心，是要她成一个有益社会的人类分子，不是要她作一个朝夕相处的孝女，她一遍两遍地念着母亲的信，也一次两次地受母亲热情的鼓励，悲哀恋家的柔情，渐渐消灭了！努力前途的雄心，也同时增长起来，便轻轻地叹道："唉！'匈奴未死，何以家为'！"想到这里，把信依旧叠好，放在抽屉里，回头看看桌上的小自鸣钟，已经是两点多了，知道夜色已深，便收拾去睡了。

过了两天正是星期日，早上学生来上了课，下午照例是放半天假，小美儿随着同学们出了课堂，便跑到女教员的面前，牵住她的衣襟说："老师！我妈妈说，明天就给我戴上那顶红帽子了。"女教员见了天真纯洁的小美儿，又把她终身从事教育的决心，增加了几倍，因而又想起人类世界的混浊，一般的青年不是弄得"悲观厌世"，便是堕落成"醉生梦死"，交际场中，种种的龃龉卑污，可怜人们的本性，早被摧残干净，难得还有这个"世外桃源"！现在的我，才得返朴归真呢！她想到这里，顿觉得神清气爽，因笑着把

小美儿的手，轻轻地握着，叫她跟自己回到屋子来。

小美儿才跨进门槛，就闻见一阵果子香，往桌上一看，在一个大翠绿的洋磁盘子里，堆着满满一盘又红又圆的苹果，女教员走到那放苹果的桌子跟前捡了一个最红艳的，给了小美儿，并且还告诉小美儿说："可爱的小美儿，你脸上的颜色，好像这个苹果。你好好爱惜这个苹果，不要使他变了本来的样子，你也永远不要失了你的天真，……可爱的孩子，你愿意吗？"美儿笑着点了点头。于是女教员又说："好！你现在去叫他们都来，我们今天该讲小亨利的故事了。"

小美儿一壁唱着，一壁跳着出去了。女教员便从里间屋子里搬出好些小椅子来，在外头那间书房的地上，把椅子排成一个半圆形，中间放着一张小圆几，几上放着一盘鲜红的蜜桔，还有一盒子洋糖。女教员自己又从院子里，荼蘼花架上剪下两枝茶色的荼蘼花来插在一个粉红色的花瓶里。女教员安置清楚了，便坐在中间的那张小椅子上，等了一刻，许多细碎的脚步声，从外面进来了，女教员照例地唱起欢迎小朋友的歌道：——

> "可爱的小朋友呵！
> 污浊的世界上，
> 唯有你们是上帝的宠儿；
> 是自然的骄子；
> 你们的心，像那梅花上的香雪，
> 自然浸润了你们；
> 母爱陶冶了你们；
> 呵！可爱的小朋友！
> 她为了上帝的使命，
> 愿永远欢迎你们，
> 欢迎你们未曾被损的天真！"

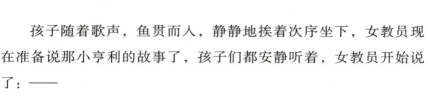

孩子随着歌声，鱼贯而入，静静地挨着次序坐下，女教员现在准备说那小亨利的故事了，孩子们都安静听着，女教员开始说了：——

"亨利是个黄头发，像金子一样黄，和蓝眼睛的外国孩子，他有一把顶好的斧子，是他父亲从纽约城里买来给他的。……"

孩子们都喜欢得笑起来了，一个孩子问女教员说："老师……，那把斧子是不是前头有尖？……"一个孩子抢着说："老师，我家里，也有一把斧子，是我爹爹的……"

孩子们就这么谈起话来，这个故事也就不再往下说了。女教员把果子加糖分给他们。到了黄昏的时候，孩子们就要告辞回去了。女教员收拾完了桌椅，想到院子里去散步，这时候管祠堂的老头儿，拿了一个纸卷和一封信进来，女教员见是家里寄的信，便急忙打开看了一遍，知道没什么事，这才把心放了，再去拆那捆纸卷，原来是北京寄来的新闻纸，她便摊开来，一张张往下看，看到第三张，忽见报纸空白地方，注着几个红色的钢笔字道"注意这一段"，她果真留意去看，只见这一段的标题是：

"社会党首领伊立被捕！"

她看了这个标题，脸上立刻露着失望和怆凄的神色，对着那凝碧的寒光流下泪来，心中满含着万千凄楚的情绪。更加着墙根底下的蟋蟀不住声的悲鸣，似乎和她说，现在的世界已惨淡到极点了！她真不知何以自慰，拿起报纸来看看，竟越看越伤心……历年来，百姓们所受的罪苦已经是够了，这次伊立又被捕，唉！从此国家更多事了！这种不可忍的罪恶压迫，谁终能缄默？她想到这里，勇气勃发，她决意要出去和惨忍的虎狼奋斗了！她从笔架上拿下一支笔来，向那张雪花笺上，不假思索地写道：——

　　"振儒同志：

去年在九月里得到你报告近况的信，并且蒙你劝我立刻到广东去，当时我一心从事教育事业，有毕生不离开张家村的志愿，因为我厌恶城市的伪诈，和不自然的物质生活，所以回信便拒绝了你，……但是心里也没有一时不为这破裂的时局愁虑！

今天看你寄来的报，知道伊立终至被捕，这种没有公道的世界，还能容我的缄默吗？我的血沸了！我的心碎了。

振儒！我决心……咳！我写到这里我的气短了，你知道这一阵西风送来的是甚么声音吗！……小美儿——可爱的孩子们的歌声呵！……唉！我不能决定了！……我现在不告诉你走不走吧！……清净的环境，天真的孩子，他们已经把我的心系得牢极了！……"

她现在不能再往下写了，只是怔怔地思前想后，愤怒，悲伤，……种种不一而足的情绪全都搅在一起，使她神经乱了，使她血脉停滞了，昏沉沉倒在床上，到了第二天她病了。孩子们走到她床前慰问她，益使她的心酸辛得痛起来。她想，无辜的孩子，若是她走了，他们的小命运谁更能替他们负责任呢？……眼看得这些才发芽的兰花儿，又要被狂风来摧残了……她想着眼圈红了，怕伤孩子们的心，便假托睡觉，把头盖在被里了。

孩子们见老师睡了，便都慢慢地溜出去，在院子里，小美儿便说道："老师病了，亨利的故事不能讲，咳，也不知道亨利的父亲给他那把斧子作什么用？"

一个孩子说："我知道，一定是叫他帮着他父亲去割麦子，前天库儿不是告诉咱们说，他用一把斧子，替他爸爸割了好些麦子吗？听说他爸爸还为了这个给他买糖吃呢！"

孩子们谈到这里忽又都跑开了，因为小桂儿，又牵出那黄牛，

到东南角去放去了，……小桂儿又会吹笛子，他们常看见他骑在黄牛背吹出顶好的调子来，现在他们又都赶到那里去听了。

女教员的病，过了两天也就好了，孩子们仍旧都来上课，只是小亨利的故事老没机会接着讲下去，并且天天黄昏的时候也不见女教员坐在那紫藤架底下了。孩子们谁也猜不到为甚么。小美儿有一天走到女教员的身边，问她什么时候再讲亨利的故事，女教员就哭着说：“可爱的孩子，不要着急，我将来一定要告诉你们亨利怎么样用他的斧子，你们以后大了，或者也能和小亨利一样好好去用，那上帝所赐给你的斧子……现在你还小呢，不能作这件事，但在你的小心眼里，不能不常常这么想！聪明的孩子，你懂得我的话吗？我希望上帝赐给你更大的机会，使你明白了我的意思那就好了……呵！可爱的孩子，天不早了，你回去吧！”

小美儿也就答应着回去了。

有一天下课以后，女教员绕着那清澈的小河，往张敬笃家里去，和敬笃请了一个星期的事假。第二天早晨，太阳刚晒到房顶上，小桂儿牵着那匹老黄牛，在草地里吃草，忽见女教员手里提着一个竹子编成的小箱子和一个生客，二十多岁的男人，往城里的那条大道上去。后来小桂儿听张家村里的人说，那是女教员的哥哥，来接她回北京去，因为她的病还没大好，这次回去养病，他们心里这么揣度着，嘴里也就这么说着，女教员自己并没和他们这么说过。

孩子们因为女教员回去了，便都放下书本，到田里帮助他爹妈去作活，拾麦穗。小美儿有时也能帮她妈提着小提篮，给她爹送菜到田里去，她现在果真戴上那小红帽子。初秋的天气本不很凉，戴了这红帽子竟热得出了汗，帽子的红颜色便把她的小白额和双颊都染得像胭脂一般，于是村子里的人们便都叫她作小红人了。

日子过得像穿梭那么快，女教员已经是走了六天，孩子们预算着第二天女教员便应该回来了。他们不敢再和小桂儿玩，各人都回

去把书包收拾了，把书温习了两遍，提防着第二天女教员要问，并且他们又记挂着那没讲完的小亨利的故事，他们十分盼望女教员就来。

到了黄昏的时候，孩子们看着他们的父母作完活，大家都预备着回去了，孩子又聚拢来互相嘱咐，明天早点起来到书房去等女教员，或者就要讲亨利的故事了。

第二天是阴天，小美儿起来了，还以为没出太阳，早得很，十分的高兴，她妈替她梳好了头，她自己戴上了那顶红帽子，拿着书包，到书房里去。她跳着进了门，迎面便见库儿拿着一把亮晶晶的小斧子，往外走，见了小美儿便站住道："美儿，你看这把斧子，不是前头有尖吗？我带来等会子问老师和亨利的斧子一样不一样？"

小美儿高兴得跳起来道："好，好，你拿进来吧！"他们两个小人儿便牵着手进去了。

这时候别的孩子们全都早来了，见了小美儿他们更是欢喜。小美儿走到自己的位子上坐下，他们心里筹算着老师总该来了！孩子们便都安静坐着。过了十分钟孩子们又等得不耐烦了，库儿拿着斧子在鞋底上磨，小美儿怕他碰破了脚，竟吓得叫起来，这时候就都乱哄哄地噪起来了。书房的门忽然慢慢地开了，女教员轻轻走了进来，孩子们又都安静了！小美儿又站起来，给女教员恭恭敬敬鞠了一躬，别的孩子也都想起来了，接二连三地和女教员行礼貌。女教员对着孩子们勉强笑了一笑，但是微红的眼圈里满满盛着两眼眶的珠泪儿，静静地站在窗户前头，好像要哭的神气；孩子们便都呆呆地望着女教员不敢出声，便是最淘气的库儿也轻轻地把斧子放下了。

女教员极力把眼泪向肚子里咽尽，慢慢地转过头来，对孩子们叹息着"咳"了一声说："可爱的孩子们！这几天你们都作了甚么事？"孩子们又活动起来了，库儿更急着从那桌子底下把斧子举起来，小美儿便拍手道："斧子，斧子，小亨利的故事，老师，小亨利的斧子和这个一样吗？前头也有尖吗？"

女教员现在坐在讲台上那张椅子上了，孩子们也都安静坐下，等着女教员说话，但是今天奇怪极了，女教员坐下半天，还没听见她开口，只是对着每一个孩子的脸，不住地细望；越望脸上的颜色也越转越白，最后竟发起抖来，孩子们真是糊涂极了，在他们的小脑子里，现在都布上了一片的疑云，从他们的眼里的确可以看得出来呢！

等了一会儿，女教员才轻轻地问道："孩子们，……你们都记挂着小亨利的故事吗？好！我现在可以告诉你们以下的事了：小亨利拿了他父亲给他的那把尖利的斧，恭恭敬敬站在父亲的面前，父亲就抚着他的头说：'好孩子，你是上帝的使者，这把斧子也是上帝命我赐给你的，因为你所住的园子里，现在生了许多的毒草，你拿了这把斧子，赶紧起除掉他，使那发芽的豆子黄瓜好好长起来。'小亨利是个顶有志气的好孩子，当时领了父亲的命，便独自到园子里去了。

"那些毒草上面长了许多刺，把小亨利的手刺破了，流了许多的血，小亨利虽然痛得要痛哭，但是他为了父亲的命令和瓜豆的成长，他到底忍着痛把毒草铲尽了。他又来到父亲的面前，交还这把斧子，他父亲喜欢得在上帝面前替小亨利祝福……"

孩子们听完这段故事，个个喜欢得嚷起来，女教员便走到孩子们面前，柔声地说："孩子们，你们都愿意用你们的斧子和亨利一样吗？"孩子们都齐声应道："愿意！愿意！"

女教员退到讲堂那边，打开放在桌上的那个纸包，拿出十几张相片来，对孩子们说："愿意看这个相片吗？"孩子们都一齐挤拢来看，里头有一个眼睛最快的阿梅，这时已嚷起来道："老师，老师，那像片是老师！"于是别的孩子都急起来，因为他们没有看到。女教员说："孩子们，坐下，我分给你们每人一张。"孩子们

这才都回到他们自己的坐位上去。

女教员把照片一张张都写上他们的名字，然后走下讲台，一张张送到孩子们面前，并且在每一个孩子的额上吻了一下吻，到最后的一个正是小美儿，女教员的眼泪忍不住竟滴在她的额上，小美儿仰起头来，用疑惑的眼光，对女教员望了一望，轻轻说道："老师！老师！"女教员的心更是十分痛楚！

这时候门外一阵脚步声向这里来，女教员心里明白，和这些可爱的小羔羊分别的时候到了。她的眼泪更禁不住点点滴滴往下流，孩子不明白，只吓得发怔。

一个少年推开门进来了，孩子们见了这奇异装束的生客，大家都静默了，不敢出一点声音，他们想这个生客穿的衣裳，还像那书上画的外国人。孩子们正在心里猜想，忽听那生客说："是时候了，……他们都在门外等候。"只听女教员点点头并不答言，那生客回过头来对着那些孩子望了望；也不禁叹息一声，眼圈红着，把脸转到外面去了。

孩子们正在不得主意的时候，忽听见女教员抖颤的声音说："可爱的孩子们！我现在要走了！以后别的老师来了，你们要听他的话，……孩子们，我们再见吧！"孩子们这才知道老师要走了，全都急得哭起来，小美儿跑到老师的面前，抱着女教员的腿哭道："老师你别走吧……我永远不愿意离开你！……"

女教员见了小美儿这种情形，更不忍心走，只是那个客人又在催促，女教员对着孩子说："时候到了！……我们再见吧！孩子们，好好地用你们的斧子呵。"说着勉强忍泪笑了一笑，便走出去了，孩子们好像失了保护的小羊，十分伤心地哭泣，女教员不忍细听，急急地走出书房。到祠堂外头，见许多同志都在那里等候，女教员便请他们到前面去等，自己回房去收拾行李。

这时管祠的老头儿递进一封信来，女教员拆看念道：

亲爱的姐姐：

　　前几天听说姐姐要回来了，母亲喜欢得东张西罗，东厢房现在已经收拾好了，铁床也安放好了，那新帐子，还是我和母亲亲手作起来的呢，姐姐呵！你可回来了，母亲那一天不念几遍呢！从上礼拜她老人家就天天数日历！

　　昨天二哥哥从天津回来，带回来许多吃的，母亲也都留着等你回来一块吃呢！姐姐到底什么时候回来？我们都到火车站去接你。

你的妹妹湘琴上

　　女教员把这封信翻来复去看了好几遍，差不多都被眼泪浸烂了，想着母亲和妹妹倚间盼望，不知道要如何的急切，但是自己不能回去！……咳！为了社会的罪恶，她不能不离开这些小学生，也不能回到融合的家庭里安慰白发的慈亲……她勉强忍住了伤心，匆匆忙忙写了一封回信道——

亲爱的妹妹！

　　你接到这封信必定要大大地失望！母亲必更加伤心，但希望妹妹多多安慰老人家！千万不要使她过分难受！

　　现在我已决定和同志们一齐到广东去了，至于甚么时候回来，自己也不能知道，总之"匈奴未灭，何以为家？"近几年来国运更是蜩螗，政治的腐败，权奸的专横，那一件不叫人发指？百姓们受的罪，稍有心肝的人，都终难缄默；按我的初志，本想从教育上去改革人心，谁知天不从人愿，现在的事情，竟越弄越糟，远水原救不得近火，这是我不得不决心去为人道牺牲，不得不忍心撇下家庭和那些可爱的孩子们！

　　门口外都被他们站满了！用他们纯洁的真情，给我

送行；我荣幸极了，这世界上除了他们还有更可贵的东西吗？但愿上帝保佑他们使他们永不受摧残吧！

现在时候已经很急了！我也不再说别的话，只是以后你们多留心些报纸好了，我恐怕事情很忙，或者不能常写信呢！

你的姐姐上

女教员写完这封信，匆匆拿了行李走出来，孩子们都拥上来牵着衣襟，露着十分依恋的神气！女教员一个个安慰了他们，才对那些来送行的村中男女道谢，这时车子已预备齐，女教员不得已上了车子。车子走动了，孩子们还在远远地喊着"老师！老师"呢！

车子离开村子已有一里多路了，女教员回转头来还能看见张家村房顶氤氲的炊烟，绕着树随风向自己这里吹来，仿佛是给她送行。女教员对着这三年相依的村庄，说不尽的留恋，但是不解事的马竟越走越快，顷刻已进了大官道，张家村是早已看不见了，女教员才叹了一口气，决意不再回顾了！

一九二一，十一，二十二，北京

庐隐

小说精品

【第三辑】

邮　差

　　热烈的阳光，已渐渐向西斜了；残照映着一角红楼，闪闪放着五彩的光芒；疲倦的精神，重新清醒过来，我坐在靠窗子边一张活动椅上，看《世界文明史》，此时觉得眼皮有些酸痛，因放下书，俯在窗子上向四面看望，远远的白烟从棉纱厂的高烟囱里冒出来，起初如一卷棉絮，十分浓厚，把苍碧的天空遮住了。但没有多大时候，便渐渐散开，渐渐稀薄，以至于不可再见。

　　"嘡嘟嘟"一阵脚踏车的铃响，一个穿绿色制服的邮差，身上披着放信的皮袋，上面写着"上海邮局"字样，一直向重庆路进发，向着我家的路线走来。

　　呀！亲爱的朋友，他们和平的声音，甜美的笑容，都蕴藏在文字里，跟着邮差送到我这里来；流畅的歌声，充满了空气；他活泼的眼光、清脆的嗓音也都涌现出来；更有他们无限的爱和同情，浸醉了我的心苗；又把宇宙完全浸醉了。现在我心里充满了愉快和希望，邮差不久就将甜美的感情，和平的消息带到我这里来。我想到这里，顿觉得满屋子都充满清净平和的空气，两只眼不住向邮差盼着，但是他却停在东边的一家门口了。

啮啮几声，壁上的钟正指六点，我的眼光不免随着那钟的响音转动；呵——我的心忽怦怦的跳动起来；忽然间只见墙上挂的那一面"公理战胜"的旗上边那个"战"字特别大了起来；从这战字上竟露出几个凶酷残忍的兵士，瞪着眼竖着眉，杀气腾腾的向着洪沟那边望着，一阵白烟从对岸滚了过来，一个兵士头上的血，冒了出来，晃了两晃，倒在地下；鲜红的热血，溅在他同伴灰色军衣上；他们很深沉的叹了一声，把他拉在一边；不能更顾甚么，只是把枪对准敌人，不住地击射燃放；对岸的敌人，也照样的倒下；空气中满了烟气和血腥；遍地上卧着灰白僵硬的尸体，和残折带血的肢体；远远三四个野狗，在那里收拾他们的血肉，几根白骨不再沾着甚么！

呀！现在又换了一种景象，只见他们的老娘，和他们的妻子，哭丧着脸，倚在篱笆墙上，遥遥地引望，遇着败逃回来的兵士，他们都很留心辨认；但是没有他们的儿子和丈夫；他们的泪水不住滴满了衣襟；他们知道他们的儿子丈夫必无境事，但是他们仍不绝望，站在那里不住地盼望着。

一个军队上的邮差，到他们的门口，带来他们儿子丈夫的恶消息；他们的老娘心碎了！失去知觉，倒在地下，嘴里不住地流白沫；他们的妻，惨白的面孔上，更带了灰土色；他们床上的幼子，看着他们的娘和祖母的惨状，也随着宛转哀啼——门外洋槐树上的鸟，振着翅膀，也哀喉一声，飞到别处去了！

可怕的印象去了。一座华丽辉煌的洋楼，立在空气中；楼房前面，绿色窗户旁边，一个身着白色衣裙的女郎，倚在那里；脸上露着微微的笑容，但是两只眼满了清泪，不时转过脸去用罗帕偷拭。

街上站满了人，男的，女的，老的，少的，都有。五色的鲜

花，雪白的手帕，在空气中旋转飘荡；一队整齐英武的少年兵士，列着队伍停的这里，一个年约二十一二的少年兵官，不住向红楼的绿窗那边呆望，对着那少女玫瑰色的两颊，和清莹含水的双眼看个不住；似乎说这是末次了，不能不使这甜美的印象，深深吸入脑中，真和他的灵魂渗而为一。

军乐响了；动员令下了；街上的人，不住喝采，祝他们的胜利。少年军官对着他亲爱的女友，颤巍巍地说了一声"再会"；两人的眼圈立刻都红了！然而她甜美的笑容仍流露了出来，祝他的前途幸福，并将一束鲜红色的玫瑰花，携在他身上；他接了放在唇边作很亲密的接吻后，就插在左襟上；回到头来看他的女友，虽仍露着如醉的笑容，但两只眼却红肿起来，他的心忽如被万把利剑贯了似的，全身的汗毛竖了起来；不敢再看她，一直向前走去。她忍不住眼泪落了满襟，但仍含笑，拿着手帕，高高扬起，对着他的背影点头，表示欢送的意思。

砰砰砰——叩门的声音刺进我的耳壳里，把我的注意点更换了；眼前一切奇异的现象全不见了。我转过脸，往窗子下看，正是那个邮差送信来了。这时候我心里充满了恐惧和愁疑的感情；我不盼望看邮差送来的信；因为这世界上恶消息太多！但是他急促的叩门声越发利害；我的心惊得碎了！我的灵魂失了知觉，一切愉快美满的感情，完全不知道到哪里去了！满宇宙的空气中，都被"战"字充满了，好似一层浓厚阴沉的烟雾，遮住了和熙甜美的大地；呀！这是甚么情景！……

傍晚的来客

东边淡白色的天，渐渐灰上来了；西边鲜红色的晚霞回光照在窗子前面一道小河上，兀自闪闪地放光。碧绿的清流，映射着两排枝叶茂盛的柳树，垂枝受了风，东西的飘舞，自然优美充满在这一刹那的空气里；我倚在窗栏上出神地望着。

嘡嘟嘟，一阵电铃声——告诉我有客来的消息。

我将要预备说甚么？……握手问好吗？张开我的唇吻，振动我的声带，使它发出一种欢迎和赞美我的朋友的言词吗？……这来的是谁？上月十五日傍晚的来客是岫云呵！……哦！对了，她还告诉一件新闻——

她家里的张妈，那天正在廊下洗衣服，忽然脸上一阵红——无限懊丧的表示，跟着一声沉痛的长叹，眼泪滴在洗衣盆里；她恰好从窗子里望过来……好奇心按捺不住，她就走出来向张妈很婉转的说了。

"你衣裳洗完了吗？……要是差不多就歇歇吧！"张妈抬起头来看见她，好像受了甚么刺激，中了魔似的，瞪着眼叫道，"你死得冤！……你饶了我罢！"

她吓住了，怔怔地站在那里，心里不住上下跳动，嘴里的红色全退成青白色。停了一刻，张妈清醒过来了，细细看着她不觉叫道——"喓哟小姐……"

她被张妈一叫，也恢复了她的灵性，看看张妈仍旧和平常一样——温和沉默地在那里作她的工作，就是她那永远颦蹙的眉也没改分毫的样子。

"你刚才到底为了甚么？险些儿吓死人！"

张妈见岫云问她——诚恳的真情激发了她的良心，不容她再秘密了！

"小姐！……我是个罪人呵！前五年一天，我把她推进井里去了！……但是我现在后悔……也没法啦！"张妈说到这里呜咽着哭起来了。

"你到底把谁推进井里呵！"

"谁呵！我婆家的妹子松姑！可怜她真死得冤呵！"

"你和她有甚么仇，把她害死呢？"

"小姐，你问我为甚么？喓！我妈作的事！我现在不敢再恨松姑了；但是当时，我只认定松姑是我的锁链子，捆着我不能动弹；我要求我自己的命，怎能不想法除去这条锁链呢？其实她也不过是个被支使，而没有能力反抗的小羔羊呵！小姐！我错了！唉！"

"她怎么阻碍你呢？你到是为了甚么呵？"

张妈低了头，不再说甚么，好久好久她才抬起头，露着凄切的愁容，无限的怨意，哀声说道：

"可怜的刘福，他是我幼年的小伴侣，当春天播种的时候，我妈我爹他们忙着撒种；我和刘福坐在草堆上替他们拾豆苗，有时沙子眯了我的眼，刘福急得哭了……一天一天我们都在一处玩耍和工作；日子很快的过去了。刘福到东庄贾大户家里作活去，我们就分开了；但是我们两人谁也忘不了谁——刘福的妈也待我好。当时十六岁的时候，刘福的妈，到我家和我妈求亲，我妈嫌人家地少，抵死不答应。过了一年，我妈就把我嫁给南村张家。——呵！小姐！他不止是一个聋子，还是一个跛子呢！凶狠的眼珠，多疑的贼心，天天疑东惑西，和我吵闹！唉，小姐！……"

张妈说到这里，忽咽住了，用衣擦了眼泪，才又接著再往下说：

"松姑，她是天真烂漫的小孩子，听了她哥哥的支使，天天跟著我，一步不离。我嫁后的三个月，刘福病了；我不能不去看看他；但是松姑阻碍著我，我又急又气，不禁把恨张大——我丈夫——的心，变成恨松姑的心了。就计算我要自由，一定要先除掉松姑。有一天我和松姑走到贾家的后花园，松姑说渴了；我们就到那灌花的井边找水喝——一阵情欲指使我，教我糊涂了，心里一恨，用力一推，可怜扑通一声淹死了！……"

岫云说到这里，忽然她家的电话来催她回去，底下的结局，她还没说完呢！今天也许是她来了吧！……

"吗嘟嘟"，铃声越发响得利害，我的心也越发跳得利害，不知道她带来的是不是张妈的消息？

电灯亮了，黑暗立刻变成光明，水绿的电灯泡放出清碧的光，好似天空的月色，张妈暗淡灰死的脸，好象在那粉白的壁上，一隐一现的动摇，呀！奇怪！……原来不是张妈，是一张曼陀画的水彩画像——被弃的少妇。

砰的一声，门开了，进来一个西装少年——傍晚的来客，我的二哥哥。

红玫瑰

　　伊拿着一朵红玫瑰，含笑倚在那淡绿栏杆旁边站着，灵敏的眼神全注视在这朵小花儿上，含着无限神秘的趣味；远远地只见伊肩膀微微地上下颤动着——极细弱呼吸的表示。

　　穿过玻璃窗的斜阳正射在我的眼睛上，立时金星四散，金花撩乱起来，伊手里的红玫瑰看过去，似乎放大了几倍，又好似两三朵合在一处，很急速又分开一样，红灼灼地颜色，比胭脂和血还要感着刺目，我差不多昏眩了。"呵！奇怪的红玫瑰。"或者是拿着红玫瑰的伊，运用着魔术使我觉得方才"迷离"的变化吗？……是呵！美丽的女郎，或美丽的花儿，神经过敏的青年接触了，都很容易发生心理上剧烈的变态呢？有一个医生他曾告诉我这是一种病——叫作"男女性癫痫"。我想到这里，忽觉心里一动，他的一件故事不由得我不想起来了。

　　当那天夜里，天上布满着阴云，星和月儿的光都遮得严严地，宇宙上只是一片黑，不能辨出甚么，到了半夜竟淅淅沥沥地下起雨来，直到了第二天早起，阴云才渐渐地稀薄，收起那惨淡的面孔，露出东方美人鲜明娇艳的面庞来，她的光采更穿过坚厚透明的玻璃窗，射在他——一个面带青黄色的少年脸上。"呀！红玫瑰……可爱的伊！"他轻轻地自言自语的说着，抬起头看着碧蓝的天，忽然他想起一件事情——使他日夜颠倒的事情，从床上急速的爬了起来，用手稍稍整理他那如刺猥般的乱发，便急急走出房门，向东边一个园子里去。他两只脚陷在泥泞的土里，但他不顾这些没要紧的事，便是那柳枝头的积雨，渗着泥滴在他的头上脸上，他也不觉得。

园中山石上的兰草，被夜间的雨水浇了，益发苍翠青郁，那兰花蕊儿，也微微开着笑口，吐出澈骨的幽香来；但他走过这里也似乎没有这么一回事，竟像那好色的蜂蝶儿，一直奔向那一丛艳丽的玫瑰花去。

那红玫瑰娇盈盈地长在那个四面白石砌成的花栏里，衬着碧绿的叶子，好似倚在白玉栏杆旁边的倩妆美人——无限的姣艳。他怔怔地向那花儿望着，全身如受了软化，无气力的向那花栏旁边一块石头上坐下了。

过了一刻，他忽然站起来，很肃敬向着那颜色像胭脂的玫瑰怔怔的望了半天，后来深深的叹了一声道：——"为什么我要爱伊，……丧失知觉的心，唉！"

他灰白的面孔上，此刻满了模糊的泪痕，昏迷的眼光里，更带着猜疑忧惧的色采，他不住的想着伊，现在他觉得他自己是好像在一个波浪掀天的海洋里，渺渺茫茫不知什么地方是归着，这海洋四面又都是黑沉沉地看不见什么，只有那远远一个海洋里照路的红灯，隐隐约约在他眼前摆动，他现在不能放过伊了——因为伊正是那路灯，他前途的一线希望——但是伊并不明白这些，时时或隐或现竟摆布得他几次遇到危险——精神的破产。

他感到这个苦痛，但他决不责怪伊，只是深深地恋着伊，现在他从园子里回来了，推开门，壁上那张水彩画——一束红艳刺眼的红玫瑰，又使他怔住了。扶着椅背站着，不转眼对着那画儿微笑，似乎这画儿能给他不少的安慰。后来他拿着一支未用的白毛羊毫笔，沾在胭脂里润湿了，又抽出一张雪白的信笺在上面写道：

"我是很有志气的青年，一个美丽的女郎必愿意和我交结……我天天对着你笑，哦！不是！不是！他们都说那是一种花——红玫瑰——但是他们不明白你是喜欢红玫瑰的，所以我说红玫瑰就是你，我天天当真是对着你笑，有时倚在我们学校园的白石栏里；有时候就在我卧室的白粉壁上，呵！多么娇艳！……但是你明白我的身世吗？……我是堂堂男子，七尺丈夫呵！世界上谁不知道大名鼎鼎的顾颖明呢？可是我却是个可怜人呢！你知道我亲爱的父母当我才三四岁的时候，便撇下我走了，……他们真是不爱我……所以我总没尝过爱的滋味呀！错了！错了！我说谎了！那天黄昏的时候，你不是在中央公园的水榭旁，对着那碧清的流水叹息吗？……我那时候便尝到爱的滋味了。

"你那天不是对我表示很委曲的样子吗？……他们都不相信这事——因为他们都没有天真的爱情——他们常常对我说他们对于什么女子他们都不爱；这话是假的，他们是骗人呵！我知道青年男子——无处寄托爱情，他必定要丧失生趣呢，……"

他写完很得意的念了又念，念到第三次的时候，他脸上忽一阵红紫，头筋也暴涨起来，狂笑着唱道：

"她两颊的绯红恰似花的色！

她品格的清贵，恰似花的香！

哈哈！她竟爱我了！

柳荫底下，

大街上头，

我和她并着肩儿走，

拉着手儿笑，

唉！谁不羡慕我？"

他笑着唱，唱了又笑，后来他竟笑得眼泪鼻涕一齐流出来了，昏昏迷迷出了屋子，跑到大街上，依旧不住声的唱和笑，行路的人，受了示唆，都不约而同的围起他来。他从人丛中把一个二十余岁的青年——过路的人拉住对着人家嘻嘻的笑；忽然他又瞪大了眼睛，对着那人狠狠的望着，大声的叫道："你认得我吗？……是的，你比我强，你戴着帽子，……我，我却光着头；但是伊总是爱我呢！我告诉你们，我是很有志气的人，我父母虽没有给我好教育，哼！他们真是不负责任！你们不是看见伊倚在栏杆上吗？……哎呀！坏了！坏了！"

他大哭起来了！竟不顾满地的尘土，睡倒泥土中，不住声的哀哭，一行行的血泪，湿透了他的衣襟。他的知觉益发麻木了，两只木呆的眼睛，竟睁得像铜铃一般大，大家都吓住了，彼此对看着。警察从人丛中挤进来，把他搀扶起来，他忽如受了什么恐怖似的，突然立起来，推开警察的手，从人丛里不顾命的闯了出来；有许多好事的人，也追了他去；有几个只怔地望着他的背影，轻轻的叹道："可怜！他怎么狂了！"说着也就各自散去。

他努力向前飞奔，迷漫的尘烟，围随着他，好似"千军万马"来到一般，他渐渐的支持不住了，头上的汗像急雨般往下流，急促的呼吸——他实在疲倦了，两腿一软，便倒在东城那条胡同口里。

这个消息传开了。大家都在纷纷的议论着，但是伊依旧拿着红玫瑰倚着栏杆出神，伊的同学对着伊，含着隐秘的冷笑，但是伊总不觉得，伊心里总是想着：这暗淡的世界，没有真情的人类——只有这干净的红玫瑰可以安慰伊，伊觉得舍了红玫瑰没有更可以使伊注意的事，便是他一心的爱恋，伊从没梦见过呢！

他睡在病院里，昏昏沉沉。有一天的功夫，他什么都不明白，他的朋友去望他，他只怔怔地和人家说："伊爱我了！"有一个好戏谑的少年，忍着笑，板着面孔和他说："你爱伊吗？……但是很怕见你这两道好像扫帚的眉，结婚的时候，因此要减去许多美观呢！"他跳了起来，往门外奔走，衰软无力的腿不住的抖颤，无力的喘息，他的面孔涨红了。"剃头匠你要注意——十分的注意，我要结婚了，这两道宽散的眉毛，你替我修整齐！咦！咦！伊微微的笑着——笑着欢迎我，许多来宾也都对着我这眉毛不住的称美，……伊永远不会再讨厌我了！哈哈！"他说着笑着俯在地上不能动转。他们把他慢慢地仍搀扶到床上，他渐渐睡着了。

过了一刻钟，他忽然从梦中惊醒，拉着看护生的白布围裙的一角，哀声的哭道："可恶的狡鬼，恶魔！不久要和伊结婚了，……他叫作陈瞋……你替我把那把又尖又利的刀子拿来，哼！用力的刺着他的咽咙，他便不能再拿媚语甘言去诱惑伊了！……伊仍要爱着我，和我结婚，……呵！呵！你快去吧……迟了他和伊手拉着手，出了礼拜堂便完了。"说到这里，他心里十分的焦愁苦痛，抓着那药瓶向地上用力的摔去，狠狠的骂道："恶魔！……你还敢来夺掉我的灵魂吗？"

他闭着眼睛流泪，一滴滴的泪痕都湿透了枕芯，一朵娇艳的红玫瑰，也被眼泪渲染成愁惨憔悴，斑斑点点，隐约着失望的血泪。他勉强的又坐了起来，在枕上对着看护生叩了一个头，哀求道："救命的菩萨，你快去告诉伊，千万不要和那狡恶的魔鬼——陈瞋结婚，我已经把所有生命的权都交给伊了；等着伊来了，便给我带回来，交还我！……千万不要忘记呢！"

看护生用怜悯的眼光对着他看："呵！青黄且带淡灰色的面孔，深陷的眼窝，突起的颧骨，从前活泼泼地精采那里去了？坚强韧固的筋肉也都消失了——颠倒迷离的情状，唉！为甚么一个青年的男子，竟弄成差不多像一个坟墓里的骷髅了！……人类真危

险呵！一举一动都要受情的支配——他便是一个榜样呢！"他想到这，也禁不住落下两滴泪来。只是他仍不住声的催他去告诉伊。看护生便走出来，稍避些时，才又进去，安慰他说："先生！你放心养病吧！……伊一定不和别人结婚，伊已经应许你的要求，这不是可喜的一件事吗？"他点点头，微微地笑道："是呵！你真是明白人，伊除了和我结婚，谁更能享受这种幸福呢？"

他昏乱的脑子，过敏的神经，竟使他枯瘦得像一根竹竿子；他的朋友们只有对着他叹息，谁也没法子能帮助他呵！

日子过得很快，他进病院已是一个星期了。当星期六下午的时候，天上忽然阴沉起来，东南风吹得槐树叶子，刷刷价刺着耳朵响个不休，跟着一阵倾盆大雨从半天空倒了下来；砰澎，刷拉，好似怒涛狂浪。他从梦中惊醒了，脆弱的神经，受了这个打激，他无限的惊慌惨凄，呜呜的哭声，益发增加了天地的暗淡。

"唉呀！完了！完了！伊怎经得起空上摧残？……伊绯红的双颊，你看不是都消失了吗？血泪从伊眼睛里流出来啦，看呵！……唉唉！"

"看呵！……看呵！"我此时心里忽觉一跳，仰起头来，只见伊仍是静悄悄地站在那里，对着我微微地笑，"伊的双颊何尝消失了绯红的色呢？"我不觉自言自语的这么说，但是那原是他的狂话，神经过敏的表示呵！嗳！人类真迷惑的可怜！……

人生的梦的一幕

这几天紫云的态度分外的柔媚，一丝笑痕常印在丰润的双颊上。每天她坐在公事房里，一边机械式的在一叠学生的课卷上批改，但她的灵宫是萦绕了一缕甜蜜的柔情，火炉里燃着熊熊的煤炭火舌旋掩着，同时夹着一阵阵的毕剥声，房中的空气十分温暖，冬天的阳光，也似知趣般的漾着金蛇的光波，射在她充溢春意的脸上。

"喂，紫云几时请我们吃喜酒呀？"一个手里正织着绒线的荷芬含笑的问。

"我一个人都不请，……"紫云忸怩的说。

"那怎么可以呢？……你就是不请我们也是要来的！"荷芬仍是笑嘻嘻的说。

紫云听了这话，默静了一会，同时把手边的课卷往桌旁一推，娇柔的伸了个懒腰，手里一支半截的红色铅笔，仍然紧握着，在一

张白纸上画了一些不规则的条纹，一面仰起头来对荷芬说："真的，你们以后可以常到我们那里去玩，我想把房子布置得干干净净的，非常艺术化！"她对于这一番话，似乎自己也感觉太喜形于色了，未免有些不好意思，于是立刻又转变了口气说道："咳！人生就是这么一回事，马马虎虎的过掉算啦！"

"喂！你们听，紫云对于那位先生够多么亲热呵！"坐在椅角里正在出神的莹玉向她身旁的若兰说："现在就已经我们，我们了。"她说着哈哈的笑起来。

若兰斜睨了她一眼，"你眼热吗？不妨也快些找一个好了！"

"我呀！没有那么容易，……假使我要想嫁，不怕你们笑话，儿女早就多大了。"

她俩在一旁悄悄的议论着，但紫云似乎并不曾注意，依然向荷芬说："你说是不是？一个人何必那么认真呢！"

"不错！"荷芬似乎很同情的说："Life is but a dream，这话实在不错，不过梦有甜的有苦的分别，我祝福你运气好，永远作甜梦！"

"是吗？……"其实甜也罢苦也罢，总不过是一场梦罢了！"紫云斜转头向荷芬嫣然一笑，便娥娜的走到隔壁房里去了。

这是一间布置简单的办公室，紫云坐在一张有手靠的椅子上，手里握着铅笔，默默的敲着桌子，这时其他的同事都出去了，她独自呆坐着，心头感觉着一种从来所未有的充实，谁说人生没有归宿呢？投在爱人的怀抱里，不就是最理想的归宿吗？……这几年来终日过着东飘西荡的生活，每逢看见别人享受着融融泄泄的家庭幸福，立时便有一重沉默的悲哀，悄悄向灵宫袭击，虽然为了女儿的尊严，不敢向人前低诉，但夜半梦回枕上常常找到孤独者的泪痕……现在哼！现在至少可以在那些没有归宿的人们面前昂起头来，傲然的向她们一笑了……。"

她沉思到这里，从心坎里漾出来的笑意，浮在两片薄薄的唇

上。正在这时，若蘅推门进来了。她把一叠书放在桌上很吃力的吁了一口长气，同时拖了一张椅子坐在炉旁，向紫云含笑道："你紫云的新家庭布置得怎样了？"

"简直是乱七八糟，我真烦死了，又是看房子，又要买家具，并且还得上课，岂不忙死人吗？"

"这种忙是甜蜜的，有人还希望不到呢！"若蘅天生一张忠厚的脸，使紫云不知不觉把心肝掏了出来说道："现在我也两个姓了，每天办完公回去，也有人谈谈笑笑，有时倦了我弹弹吉他，他唱唱歌，你想不是很快乐的生活吗？"

"对了，一个人最难得到是幸福的家庭，你现在有了这样一个满意的家庭，无形中可增加你许多生活的力量，我们都很替你开心！"

"真的吗？……"紫云说了一句忽然站了起来，道："我去打电话叫他就来同我去看看家具。"她匆匆的出门去了。

这小办公室里陆续的进来了几个同事，那个平素最有心计的莹玉低声向若蘅说道："紫云同你谈些什么？"

"谈她未来的美满的梦！"

"呵！人生真像作梦！"莹玉慨然的说："在一个多月以前，谁能料到紫云会同金约翰结婚，而且是这么快，……她现在真高兴极了！"

"对了。一个单身的人，本来有找个爱人的需要，这是Nature。"若蘅很谅解似的说。

"不过我总觉得太快了，两方面情形都不曾深切的了解……但愿她们一直好下去！"很有经验的杨冰说。

"大概不会怎样吧！"荷芬推测着说："因为紫云是个多情人，她要同男人结了婚，一定会死心蹋地的对他好，所怕就是男人靠不住罢。"

"对了。女人变心的很少……不过这位金先生人也很忠厚，并

且他很固执，爱什么人就爱到底，……"若兰说。

"那么就没有问题了。"若蘅说。

"不过经济也是一个重要的问题，嫁一个男人，至少这个男人应有独力养家的能力……紫云初结婚时当然还可以来作事，将来生了儿女，又怎么办呢？"……杨冰说。

"那又有什么要紧，只要他俩有爱情，穷苦些又有什么关系呢！"荷芬很超然的说。

"那到不尽然。"杨冰接言说："从前我有一个朋友，她爱了一个青年学生，不愿家庭的反对，竟和他结了婚，起先还勉强过得去，后来生了小孩，便经济更拮据了，两个人东住住西吃吃，真不知道有多苦，最后还是分开了！"

杨冰举出事实的证明，这使超然的荷芬也没话说了。大家都沉默着。

紫云打完电话回来了，笑咪咪的向若兰说道："你昨天说的有一家卖西式家具的在什么地方，请你开个地名给我！"

"好！就离这里不远，坐二路电车可以直到门口。"

"请你把地名写给我好吧？ Mr. 金就来同我去看看。"紫云一面说着，一面把屉子打开，从那里面拿出一个小小的立镜来，支在办公桌上，同时又拿出一盒香粉和鲜红的胭脂来，先用一块干手巾把脸上的浮油揩干了，然后轻轻的扑了些香粉，又淡淡的在两颊抹了一些的胭脂。

"唷！真漂亮！"莹玉打趣的说："可是胭脂擦得太淡了！"

"不，你不知道Mr.金顶不欢喜人擦很厚的胭脂，他欢喜自然，不爱打扮得和妖精样的！"紫云得意的说。

"真是女为悦己者容呀！"从不会说笑话的若蘅也来了这么一句颇俏皮的话，这使得在座人们都笑了。

紫云收拾了一阵，站了起来把大衣穿上："你们看我美吗？"

"美极了！"大家不觉异口同声的叫了出来，紫云就在这些赞美声中，娥娜的出了办公室。

　　一阵橐橐的皮鞋声去得远了，大家脸上都不期然露出一种冷漠的表情。

　　——这真是人生的梦的一幕——

　　——可是作梦的人往往不觉得这是梦！

　　这一间小小的办公室里，这刹那间是充满着复杂的情绪。

曼 丽

晚饭以后，我整理了案上的书籍，身体觉得有些疲倦，壁上的时计，已经指在十点了，我想今夜早些休息了吧!窗外秋风乍起，吹得阶前堆满落叶，冷飕飕的寒气，陡感到罗衣单薄;更加着风声萧瑟，不耐久听，正想息灯寻梦，看门的老聂进来报说"有客!"我急忙披上夹衣，迎到院子里，隐约灯光之下只见久别的彤芬手提着皮篓进来了。

这正是出人意料的聚会，使我忘了一日的劳倦。我们坐在藤椅上，谈到别后的相忆，及最近的生活状况;又谈到许多朋友，最后我们谈到曼丽。曼丽是一个天真而富于情感的少女，她妙曼的两瞳，时时射出纯洁的神光，她最崇拜爱国舍身的英雄。今年的夏末，我们从黄浦滩分手以后，一直没有得到她的消息;只是我们临别时一幅印影，时时荡漾于我的脑海中。

那时正是黄昏，黄浦滩上有许多青年男女挽手并肩在那里徘

徊，在那里密谈，天空闪烁着如醉的赤云，海波激射出万点银浪。蜿蜒的电车，从大马路开到黄浦滩旁停住了，纷纷下来许多人，我和曼丽也从人丛中挤下电车，马路上车来人往，简直一刻也难驻足。我们也就走到黄浦滩的绿草地上，慢慢的徘徊着。后来我们走到一株马樱树旁，曼丽斜倚着树身，我站在她的对面。

曼丽看着滚滚的江流说道："沙姊！我预备一两天以内就动身，姊姊！你对我此行有什么意见？"

我知道曼丽决定要走，由不得感到离别的怅惘；但我又不愿使她知道我的怯弱，只得噙住眼泪振作精神说道：

"曼丽！你这次走，早在我意料中，不过这是你一生事业的成败关头！希望你不但有勇气，还要再三慎重！……"

曼丽当时对于我的话似乎很受感动，她紧握着我的手说道："姊姊！望你相信我，我是爱我们的国家，我最终的目的是为国家的正义而牺牲一切。"

当时我们彼此珍重而别，现在已经数月了。不知道曼丽的成功或失败，我因向彤芬打听曼丽的近状，只见彤芬皱紧眉头，叹了一口气道："可惜！可惜！曼丽只因错走了一步，终至全盘失败，她现今住在医院里，生活十分黯淡，我离沪的时候曾去看她，唉！憔悴得可怜……"

我听了这惊人的消息，不禁怔住了。彤芬又接着说道："曼丽有一封长信，叫我转给你，你看了自然都能明白。"说着她就开了那小皮箧，果然拿出一封很厚的信递给我，我这时禁不住心跳，不知这里头是载着什么消息，忙忙拆开看道：

沙姊：

　　我一直缄默着，我不愿向人间流我悲愤的眼泪，但是姊姊，在你面前，我无论如何不应当掩饰，姊姊你记得吧！我们从黄浦滩头别后，第二天，我就乘长江船南行。

　　江上的烟波最易使人起幻想的，我凭着船栏，看碧绿的江水奔驰，我心里充满了希望。姊姊！这时我十分的兴奋，同时十分的骄傲，我想在这沉寂荒凉的沙漠似的中国里，到底叫我找到了肥美的草地水源，时代无论怎样的悲惨，我就努力的开垦，使这绿草蔓延全沙漠，使这水源润泽全沙漠，最后是全中国都成绿野芊绵的肥壤，这是多么光明的前途，又是多么伟大的工作……

　　姊姊！我永远是这样幻想，不同沙鸥几番振翼，我都不曾为它的惊扰打断我的思路，姊姊你自然相信我一直是抱着这种痴想的。

　　然而谁知道幻想永远是在流动的，江水上立基础永远没有实现的可能，姊姊！我真悲愤！我真惭愧！我现在是睡在医院的病房里，我十分的萎靡，并不是我的身体支不起，实是我的精神受了惨酷的荼毒，再没方法振作呵！

　　姊姊！我惭恨不曾听你的忠告，——我不曾再三的慎重——我只抱着幼稚的狂热的爱国心，盲目的向前冲，结果我象是失了罗盘针的海船，在惊涛骇浪茫茫无际的大海里飘荡，最后，最后我触在礁石上了！姊姊！现在我是沉溺在失望的海底，不但找不到肥美的草地和水源，并且连希望去发现光明的勇气都没有了。姊姊！我实在不耐细说。

　　我本拼着将我的羞愤缄默的带到九泉，何必向悲惨人间哓舌；但是姊姊，最终我怀疑了，我的失败谁知不是我自己的欠高明，那么我又怪谁？在我死的以前，我怎可不向人间忏悔，最少也当向我亲爱的姊姊面前忏悔。

　　姊姊！请你看我这几页日记吧！那里是我彷徨歧路的残痕；同时也是一般没有主见的青年人，彷徨歧路的残痕；这是我坦白的口供，这是我藉以忏悔的唯一经签……

曼丽这封信，虽然只如幻云似的不可捉摸；但她涵盖着人间最深切的哀婉之情，使我的心灵为之震惊；但我要继续看她的日记，我不得不极力镇静……

　　八月四日　半个月以来，课后我总是在阅报室看报，觉得国事一天糟似一天，国际上的地位一天比一天低下。内政呢！就更不堪说了，连年征战，到处惨象环生……眼看着梁倾巢覆，什么地方足以安身？况且故乡庭园又早被兵匪摧残得只剩些败瓦颓垣，唉！……我只恨力薄才浅，救国有志，也不过仅仅有志而已！何时能成事实！

　　昨天杏农曾劝我加入某党，我是毫无主见，曾去问品绮，他也很赞成。

　　今午杏农又来了，他很诚挚的对我说："曼丽！你不要彷徨了。现在的中国除了推翻旧势力，培植新势力以外，还有什么方法希望国家兴盛呢？……并且时候到了，你看世界已经不象从前那种死寂，党军北伐，势如破竹，我们岂可不利用机会谋酬我们的夙愿呢？"我听了杏农的话，十分兴奋，恨不得立刻加入某党，与他们努力合作。后来杏农走了，我就写一封信给畹若，告诉他我现在已决定加入某党，就请他替我介绍。写完信后，我悄悄的想着中国局势的危急，除非许多志士出来肩负这困难，国家的前途，实在不堪设想呢……这一天，我全生命都浸在热血里了。

　　八月七日　我今天正式加入某党了，当然填写志愿书的时候，我真觉得骄傲，我不过是一个怯弱的女孩子，现在肩上居然担负起这万钧重的革命事业！我私心的欣慰，真没有法子形容呢！我好象有所发见，我觉得国事无论糟到什么地步，只要是真心爱国的志士，肯为国家牺牲一切，那末因此国家永不至沦亡，而且还可产生出蓬勃的新生命！我想到这里，我真高兴极了，从此后我要将全副的精神为革命奔走呢!

下午我写信告诉沙姊，希望她能同我合作。

八月十五日　今天彤芬来信来，关于我加入某党，她似乎不大赞成。她的信说:"曼丽!接到你的信，知道你已经加入某党，我自然相信你是因爱国而加入的，和现在一般投机分子不同，不过曼丽，你真了解某党的内容吗?你真是对于他们的主义毫无怀疑的信仰吗?你要革命，真有你认为必革的目标吗?曼丽，我觉得信仰主义和信仰宗教是一样的精神，耶稣吩咐他的门徒说:你们应当立刻跳下河去，拯救那个被溺的妇女和婴孩，那时节你能决不踌躇，决不怀疑的勇往直前吗?曼丽，我相信你的心是纯洁的;可是你的热情往往支配了你的理智，其实你既已加入了，我本不该对你发出这许多疑问，不过我们是很好的朋友，我既想到这里，我就不能缄默，曼丽，请你原谅我吧!

彤芬这封信使我很受感动，我不禁回想我入党的仓猝，对于她所说的问题我实在未能详细的思量，我只凭着一腔的热血无目的的向人间喷射……唉!我今天心绪十分恶劣，我有点后悔了!

八月二十二日　现在我已正式加入党部工作了，一切的事务都呈露紊乱的样子，一切都似乎找不到系统——这也许是因我初加入合作，有许多事情是我们不知道其系统之所在，并不是它本身没有系统吧!可是也就够我彷徨了。

他们派我充妇女部的干事，每天我总照法定时间到办公室。我们妇女部的部长，真是一个奇怪的女人，她身体很魁伟，常穿一套棕色的军服，将头发剪得和男人一样，走起路来，腰干也能笔直，神态也不错;只可惜一双受过摧残，被解放的脚，是支不起上体的魁伟;虽是皮鞋做得

很宽大，很充得过去，不过走路的时候，还免不了袅娜的神态，这一来可就成了三不象了。更足使人注意的，是她那如宏钟的喉音，她真喜欢演说，我们在办公处最重要的公事，大概就是听她的演说了……真的，她的口才不算坏，尤其使人动听的是那一句："我们的同志们"真叫得亲热!但我有时听了有些不自在……这许是我的偏见，我不惯作革命党，没有受过好训练——我缺乏她那种自满的英雄气概，——我总觉得我所想望的革命不是这么回事!

现在中国的情形，是十三分的复杂，比乱麻还难清理。我们现在是要作剔清整理的革命工作，每一个革命分子，以我的理想至少要镇天的工作——但是这里的情形，绝不是如此。部长专喜欢高谈阔论，其他的干事员写情书的依然写情书，讲恋爱的照样讲恋爱，大家都仿佛天下指日可定，自己将来都是革命元勋，作官发财，高车驷马，都是意中事，意态骄逸，简直不可一世——这难道说也是全民所希冀的革命吗?唉!我真彷徨。

九月三日　我近来精神真萎靡，我简直提不起兴味来，这里一切事情都叫我失望!

昨天杏农来说是芸泉就要到美国去，这真使我惊异，她的家境很穷困，怎么半年间忽然又有钱到美国了?后来问杏农才知道她作了半年妇女部的秘书，就发了六七千元的财呵!这话真使我惊倒了，一个小小的秘书，半年间就发了六七千元的财，那若果要是作省党部的秘书长，岂不可以发个几十万吗?这手腕真比从前的官僚还要厉害——可是他们都是为民众谋幸福的志士，他们莫非自己开采得无底的矿吗?……呵!真真令人不可思议呵!

沙姊有信来问我入党后的新生命，真惭愧，这里原来没有光大的新生命，军阀要钱，这里的人们也要钱;军阀吃鸦片，这里也时时有喷云吐雾的盛事。呵!腐朽!一切都是腐朽的……

九月十日　真是不可思议，在一个党部里竟有各式各样不同的派别!昨天一天，我遇见三方面的人，对我疏通选举委员长的事。他们都称我作同志，可是三方面各有他们的意见，而且又是绝对不同的三种意见，这真叫我为难了，我到底是谁的同志呢?老实说吧，他们都是想膨胀自己的势力，那一个是为公忘私呢……并且又是一般只有盲目的热情的青年在那里把持一切……事前没有受过训练，唉!我不忍说——真有些倒行逆施，不顾民意的事情呢!

小珠今早很早跑来，告诉我前次派到C县作县知事的宏卿，在那边勒索民财，妄作威福，闹了许多笑话，真叫人听着难受。本来这些人，一点学识没有，他们的进党的目的，只在发财升官，一旦手握权柄，又怎免滥用?杏农的话真不错!他说:"我们革命应有步骤，第一步是要充分的预备，无论破坏方面，建设方面，都要有充足的人材准备，第二步才能去作破坏的工作，破坏以后立刻要有建设的人材收拾残局……"而现在的事情，可完全不对，破坏没人才，建设更没人才!所有的分子多半是为自己的衣饭而投机的，所以打下一个地盘以后，没有人去作新的建设!这是多么惨淡的前途呢，土墙固然不好，可是把土墙打破了，不去修砖墙，那还不如留着土墙，还成一个片断。唉!我们今天越说越悲观，难道中国只有这默淡的命运吗?

九月十五日　今天这里起了一个大风潮……这才叫作丢人呢!

维春枪决了!因为他私吞了二万元的公款，被醒胡告发，但是醒胡同时却发了五十万的大财，据说维春在委员会里很有点势力!他是偏于右方的，当时惹起反对党的忌

恨，要想法破坏他，后来知道醒胡和他极要好，因约醒胡探听他的私事，如果能够致维春的死命，就给他五十万元，后来醒胡果然探到维春私吞公款的事情，到总部告发了，就把维春枪决了。

这真象一段小说呢！革命党中的青年竟照样施行了。自从我得到这消息以后，一直懊恼，我真想离开这里呢！

下午到杏农那里，谈到这件事，他也很灰心，唉！这到处腐朽的国事，我真不知应当怎么办呢？

九月十七日　这几天党里的一切事情更觉紊乱，昨夜我已经睡了，忽接到杏农的信，他说："这几天情势很坏，军长兵事失利，内部又起了极大的内讧——最大的原因是因为某军长部下所用一般人，都是些没有实力的轻浮少年，可是割据和把持的本领均很强，使得一部分军官不愿意他们，要想反戈，某军长知道实在不可为了，他已决心不干，所以我们不能不准备走路……请你留意吧！"

唉！走路！我早就想走路，这地方越作越失望，再往下去我简直要因刺激而发狂了！

九月二十二日　支党部几个重要的角色都跑尽了，我们无名小角也没什么人注意，还照旧在这里鬼混，但也就够狼狈了！有能力的都发了财，而我们却有断炊的恐慌，昨晚检点皮篓只剩两块钱。

早晨杏农来了，我们照吃了五毛钱一桌的饭，吃完饭，大家坐在屋里，皱着眉头相对。小珠忽然跑来，她依然兴高采烈，她一进门就嘻嘻哈哈的又说又笑，我们对她诉说窘状，她说："愁什么！我这里先给你们二十块，用完了再计较。"杏农才把心放下，于是我们暂且不愁饭吃，大家坐着谈些闲话，小珠对着我们笑道："我告诉你们一件有趣的新闻：你们知道兰芬吗？她真算可以，她居然探听到敌党的一切秘密；自然兰芬那脸子长得漂亮，敌党的张某竟迷上她了！只顾讨兰芬的喜欢，早把别的事忘了……他们的经过真有趣，昨天听兰芬告诉我们，真把我笑死！前天不是星期吗？一早晨，张某就到兰芬那里，请兰芬去吃午饭，兰芬就答应了他。张某叫了一辆汽车，同兰芬到德昌饭店去。到了那里，时候还早，他们就拣了一间屋子坐下，张某就对兰芬表示好意，诉说他对兰芬的爱慕。兰芬笑道：'我很希望我们作一个朋友，不过事实恐怕不能！你不能以坦白的心胸对我……'张某听了兰芬的话，又看了那漂亮的面孔，真的，他恨不得把心挖出来给她，就说道：'兰芬，只要你真爱我，我什么都能为你牺牲，如果我死了，于你是有益的，我也可以照办。'兰芬就握住他的手说道，'我真感激你待我的诚意，不过我这个人有些怪僻，除非你告诉我一点别人所听不到事情，那我就信了。'张某道：'我什么事都可以告诉你，现我背我的生平你听，兰芬！那你相信我了吧！'兰芬说：'你能将你们团体的秘密全对我说吗？……我本不当有这种要求，不过要求彼此了解起见，什么事不应当有掩饰呢！'张某简直迷昏了，他绝不想到兰芬的另有用意，他便把他的团体决议对付敌人种种方法告诉兰芬，以表示爱意……这真滑稽得可笑！"

小珠说得真高兴，可是我听了，心里很受感动，天下多少机密事是误在情感上呢！

十月一日 在那紊乱的N城，厮守不出所以然来。今天我又回到了上海，早车到了这里，稍吃了些点心，我就去看朋友。走到黄浦滩，由不得想到前几个月和沙姊话别的情形，那时节是多么兴奋！多么自负！……唉！谁想到结果是这么狼狈。现在觉悟了，事业不但不是容易成功，便连从

事事业的途径也是不易选择的呢!

回到上海——可是我的希望完全埋葬在N城的深土中，什么时候才能发芽蓬勃滋长，谁能知道?谁能预料呵?

十月五日　我忽然患神经衰弱病，心悸胸闷，镇天生气，今天搬到医院里来。这医院是在城外，空气很好，而且四周围也很寂静。我睡在软铁丝的床上，身体很舒适了。可是我的病是在精神方面，身体越舒服暇预，我的心思越复杂，我细想两三个月的经历，好象毒蛇在我的心上盘咬!处处都是伤痕。唉!我不曾加入革命工作的时候，我的心田里，万丛荆棘的当中，还开着一朵鲜艳的紫罗兰花，予我以前途灿烂的希望。现在呢!紫罗兰萎谢了，只剩下刺人的荆棘，我竟没法子迈步呢?

十月七日　两夜来，我只为已往的伤痕懊恼，我恨人类世界，如果我有能力，我一定要让它全个湮灭!……但是我有时并不这样想，上帝绝不这样安排的，世界上有大路，有小路，有走得通的路，有走不通的路，我并不曾都走遍，我怎么就绝望呢!我想我自己本没有下过探路的工夫，只闭着眼跟人家走，失败了!还不是自作自受吗?……

奇怪，我自己转了我愤恨的念头，变为追悔时，我心头已萎的紫罗兰，似乎又在萌芽了，但是我从此不敢再随意的摧残了，……我病好以后，我要努力找那走得通的路，去寻求光明。

以前的闭眼所撞的伤痕，永远保持着吧!……

曼丽的日记完了，我紧张的心弦也慢慢恢复了原状，那时夜漏已深，秋扇风摇，窗前枯藤，声更栗!彤芬也很觉得疲倦，我们暂且无言的各自睡了。我痴望今夜梦中能见到曼丽，细认她的心的创伤呢!